AF612981

LAURA CASTRO

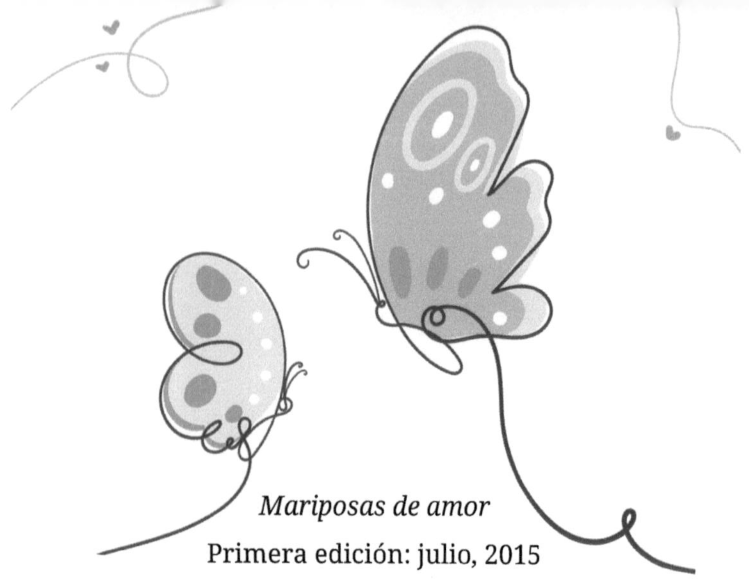

Mariposas de amor

Primera edición: julio, 2015
Segunda edición con contenido añadido: septiembre, 2021

ISBN: 978-84-69728-03-1
IBIC: FR
Depósito legal: J 225-2017

Edición y maquetación: Scarlett de Pablo
(www.escarlataediciones.com)
Diseño de la cubierta: Marta Pena (cordexizdesign.es)

PRÓLOGO

Todo el mundo juzgamos a las personas por su apariencia física y la impresión que nos transmite su imagen tras mirarla por primera vez. No pensamos que antes hay que conocer a las personas por su interior y no por su apariencia. Nos podríamos sorprender con los resultados si observamos antes de juzgar. La mayoría de las veces no todo lo que reluce es oro; tras una fachada seria y austera se puede esconder alguien encantador y sencillo. En cambio, tras una fachada alegre y llamativa se pueden encontrar auténticas víboras.

Durante los años que estuve cursando la educación secundaria nadie se fijaba en mí. Mi cuerpo rollizo me etiquetaba como la gordita agradable a la que los chicos se le acercaban para que les presentara a las chicas guapas y con cuerpos de infarto que tenía por amigas. Jamás nadie se interesó en mí.

En la plenitud de nuestra adolescencia fui testigo de cómo todas ellas vivían los entresijos y emociones de las primeras relaciones amorosas. En mi rol de simple espectadora, escuchaba con atención cómo describían sus primeros besos y cómo saboreaban los placeres de una sexualidad recién descubierta. Pasé de ser la amiga que por su simpatía les presentaba a los chicos guapos a ser la *aguantavelas*. Era una situación incómoda; si salía con ellas me sentía fuera de lugar: todas tenían sus parejas y yo estaba sola y aunque contaban conmigo para todo, cada una tenía sus planes con sus chicos y a cierta hora iban desapareciendo y me quedaba sola. Pero, por otro lado, si no salía me desesperaba, y lo peor era que en casa pagaba mi mal humor con mi familia.

En los pensamientos de un adolescente todo gira alrededor de ellos mismos y de lo que otros jóvenes le aconsejan. Cualquier detalle insignificante se magnifica, ya sea positivo o negativo. Es el tiempo quien te va enseñando a darle el valor a las cosas en la medida justa, pero uno no es consciente de ello hasta que crece. A esa edad cualquier acontecimiento te hunde o te hace más fuerte. ¿Qué le pasará a Lara? ¿Se rendirá o luchará por conseguir lo que desea?

CAPÍTULO I

Llegó la hora de ir al instituto. Gente nueva, rostros diferentes y profesores desconocidos. Siempre pensé que un cambio de esos me vendría bien.

—¡Estela, corre que viene el autobús! —le dije a mi amiga que me había venido a buscar para ir juntas.

—Voy todo lo rápido que puedo, Lara. Se ve que tienes ganas de empezar —respondió ella al mirarme de soslayo. Me ruboricé al instante al captar la insinuación. Nos echamos las dos a reír.

Sí, era verdad, estaba deseando ver a Raúl, un chico del que me enamoré nada más verle. Era un Dios de uno ochenta y cuatro, pelo rubio ondulado, penetrantes ojos azul cielo capaces de hipnotizarte con solo una mirada. Además, era musculoso, simpático y cuando se reía se le hacían dos hoyuelos que me hacían perder el sentido. Le conocimos a él y a sus amigos en la piscina municipal a la que solíamos acudir día sí y día también; el punto de encuentro de la pandilla. Era más cómodo para nosotras estar lejos de las miradas y oídos de nuestras madres que quedarnos en nuestras propias piscinas.

DOS MESES ATRÁS

Estela y yo disfrutábamos de un baño cuando de pronto se nos echaron dos chicos encima, sin darse cuenta. Estaban jugando entre ellos a ver quién tiraba a quién al agua. Uno de ellos me dio con el pie en la espalda y al darme la vuelta para ver quién era, me quedé inmóvil. No podía articular palabra, era el chico más guapo que había visto en mi vida, con el pelo mojado y las gotas resbalando por su rostro. Me quedé hechizada ante esos penetrantes ojos azules. Escuchar su voz me hizo volver a la realidad.

—¡Oye, perdona! ¿Te he hecho daño? —dijo él.

—No es nada, no te preocupes.

—Déjame ver. ¿Dónde te he dado?

—En la espalda. De verdad, no es nada, no te

preocupes, que se va pasando el dolor. Igual sale un moratón, pero se irá.

Para mí ese golpe fue como cuando te roza un famoso y no te quieres lavar en una semana para que no se vaya la sensación de que te ha tocado.

Sentí una mano en mi espalda y miré; era su amigo que, riéndose, dijo:

—¡Perdonad, pero no os hemos visto! Ya que no ha pasado nada, me presento: yo soy Mario y el paleto de mi amigo es Raúl. Encantado chicas.

Estela se echó a reír al ver la situación y la cara de alelada que tenía yo y dijo:

—Yo Estela y la accidentada es Lara.

Nos echamos a reír los cuatro y salimos de la piscina. Vinieron con nosotras y los presentamos a toda la pandilla. Al final se juntaron con nosotros también sus amigos y acabamos pasando todos juntos una tarde magnífica y diferente a las demás. Fueron muchos días los que coincidimos a partir de aquel encuentro.

Ellos eran de Camas y nosotros de Tomares, estábamos a tan solo unos diez minutillos de distancia un pueblo de otro. Les gustaba venir a la piscina de nuestro pueblo porque era más tranquila que el resto de las localidades de alrededor.

Este año entraban en el instituto y se habían matriculado en el de Tomares, por ser más completo en preparación. Nos sorprendió bastante saber que teníamos la misma edad y que era probable que coincidiéramos en las clases.

Estela se fijó en Mario que era todo lo contrario a Raúl. Tenía el pelo lacio de color castaño oscuro, que hacía juego con sus ojos de color miel. De complexión delgada y alta, coincidía casi con la misma estatura que Raúl, aunque los rasgos de Raúl eran mucho más llamativos y consiguieron captar la atención de las féminas con más facilidad.

Me resultó raro que Estela se fijara en Mario. La conozco muy bien y sé que los rasgos de Raúl encajaban más con sus gustos. Estela lo miraba insinuándose, le gustaba que el chico se acercara, él le hacía ojitos, pero no se decidía a dar el paso por el motivo que fuera y ella, que como siempre tenía alguno alrededor, se cansó de esperar. Las miradas que le echaba Mario cuando ella no miraba me decían lo mucho que le gustaba y cuando otro chico de la pandilla o de fuera se le acercaba, éste retiraba la vista algo enfadado y se iba para no volver a mirar. Yo me daba cuenta, pero Estela no se enteraba de nada, aunque le gustara el chico, también se sentía emocionada con las cosas bonitas que les decían los que tenía alrededor hasta el punto de olvidarse de lo que en un principio ella misma quería.

Estela estaba, como se suele decir, con el guapo subido: era una bellísima rubia de pelo ondulado y ojos verdes, siempre muy bien maquillados que realzaban aún más sus largas pestañas. Para rematar era de alta estatura y con las medidas de una modelo. Con ese físico, no era de extrañar que fuera un imán para los hombres. Estaba acostumbrada a ser su sombra, a que todos los chicos se acercaran a mí solo para acceder a ella, pero me daba igual. Éramos muy buenas amigas desde pequeñas y lo tenía asimilado.

Una tarde paseando por el parque le dije que pensaba que a Mario le gustaba. Empezó a pegar saltitos de alegría, pero de pronto se paró, me miró a los ojos y muy seria me dijo:

—Creo que estás equivocada, apenas me mira y si es verdad lo que me dices, ¿por qué no se me acerca?

—Pues no sé, Estela. Igual le da vergüenza o se corta al verte siempre rodeada de tantos chicos. Pero si quieres, un día de los que estemos con ellos hablo con él a ver si puedo averiguar algo. Me puso esos ojitos tiernos que solo ella sabía poner.

—*Sííí*, ¡por favor, por favor!

—¡*Valeee!* No te preocupes, cuando sepa algo te aviso.

Fue la excusa perfecta para poder acercarme a Raúl; siempre estaba con Mario y ella también lo sabía. Nos miramos y empezamos a reírnos sin darnos cuenta de que estábamos siendo observadas. Se acercaron y a la vez dijeron:

—¿Podéis contarnos qué es lo que os hace tanta gracia?

La sorpresa fue instantánea. Cuando habíamos empezado a hablar estábamos solas en el parque, no había nadie por ningún lado y ellos acababan de aparecer de la nada.

Estela se quedó sin habla, cosa rara en ella, pero yo pude decir con un hilo de voz:

—Le contaba un chiste a Estela y se ve que le ha gustado mucho —reí.

Raúl me miró directo a los ojos y me dijo:

—¿Puedes contárnoslo?

Asentí dispuesta a improvisar. Estela reía al ver mi cara de apuro y rápido se me vino el último chiste que vi en un programa de la tele. Al parecer les gustó porque soltaron una sarta de carcajadas contagiándonos a su vez.

—¿Cómo es que estáis por aquí? —dije cuando recuperaron un poco el aire en los pulmones.

—Os estábamos buscando para despedirnos de vosotras. Nuestros padres se van de vacaciones y no nos veremos hasta el instituto.

Estela y yo nos miramos y no pudimos disimular la tristeza a pesar de entender que era lo normal.

—Que tengáis buen viaje y unas vacaciones inolvidables —dije.

—Inolvidables serían si estuvierais con nosotros —soltó Raúl.

—Eso sí serían unas estupendas vacaciones —corroboró Mario—, pero a falta de pan buenas son tortas, ya que no nos veremos por lo menos darnos vuestros números de móvil para poder *whatsappear* con vosotras.

—Eso está hecho. Toma nota.

Riendo como tontos nos fuimos pasando los números de móvil y despidiéndonos con besos y abrazos, unos más largos que otros y cada uno siguió el camino a sus respectivas casas.

—Siéntate atrás del todo, Lara, para así estar cerca de Sara y María.

Ellas eran nuestras amigas de toda la vida, pero al echarse novio se fueron separando un poco y había momentos como este en que nos juntábamos y poníamos al mundo patas arriba. Por unas horas todo era como antes y disfrutábamos de nuestros momentos a solas. Rafa y Juan eran muy buenos chicos y se podía hablar con ellos, pero siempre nos cortábamos al tocar temas más íntimos cuando estaban presentes y necesitábamos nuestros ratitos.

Al llegar al instituto todo era un caos. Chicos y chicas de un lado y para otro, todos buscando información de donde se encontraban las clases que les habían tocado, de los profesores que les habían asignado y de los amigos con los que habían coincidido. Mirando las listas nos dimos cuenta de que a Estela y a mí nos habían separado; ya no estábamos juntas en clase y en cierto modo eso nos entristecía. Intentaríamos hablar con los profesores por si cabía la posibilidad de hacer un cambio para poder estar juntas. De pronto sentí como alguien me agarraba de la mano y me obligaba a girarme. En nuestro rostro se pudo contemplar la sorpresa y alegría al comprobar que se trataba de Raúl, acompañado por Mario y más amigos.

—Nos ha tocado en la misma clase —me dijo Mario.

—A mí me ha tocado con Estela —añadió Raúl.

Estaba claro que el destino jugaba con nuestros sentimientos y nos ponía a prueba. Me separaban de mi mejor amiga y de mi amor platónico.

Salí corriendo para los servicios porque no quería que nadie viera el cúmulo de sentimientos que transmitía mi cara y de un momento a otro se transformarían en lágrimas. Estela me conocía y vino detrás de mí para consolarme. Ella sentía lo mismo, pero era más fuerte y disimulaba mejor. Cuando me tranquilicé, salimos. Fue justo en el mismo momento en que sonó la sirena de entrada a las clases y cada una nos fuimos para nuestras aulas. Al entrar vi a Mario, que con un leve gesto me indicó que me sentara en el pupitre que me había guardado a su lado. Lo agradecí al instante pues él era la única persona que conocía en toda la clase. Pasé por su lado, le revolví el pelo y ocupé mi lugar.

Las clases del primer día consistían básicamente en una presentación tanto del profesorado como del temario a dar y el tiempo estipulado para cada uno. Apenas me di cuenta de que ya había llegado la hora del descanso para poder desayunar. Todos salíamos con nuestros tentempiés y una sonrisa de oreja a oreja al ver a nuestros amigos. Los pasillos se llenaron de gente charlando y riendo y contando sus anécdotas del día. Yo salí casi de las últimas, me había llamado mi madre al móvil para ver cómo habían pasado las primeras horas. Ella siempre tan atenta.

—¡Todo bien, mamá! Me han separado de mis amigas, pero bueno, intentaremos arreglarlo.

—Tú no te preocupes por eso, hija. Ahí estás para aprender y en el tiempo libre haz amigos que siempre va bien conocer gente nueva. Pásalo bien, te quiero.

—Sí, mamá, yo también te quiero.

—¡Lara, estamos aquí! —escuché y no tardé en divisar a mis amigas.

Estaban sentados en unos bancos que daban a unas cristaleras por donde entraban los rayos de sol y se veía el exterior del edificio. Se habían reunido con Raúl, Mario y sus amigos. De vez en cuando no podía evitar mirar a Raúl, era como un imán para mí, aunque también para toda chica que estaba alrededor. Siempre estaba hablando con unas y otras, lo que me recordaba a Estela. Solo cuando sus ojos miraban los míos retiraba la mirada para que no se diera cuenta de que me sentía tan atraída por él, pero eso sucedía pocas veces así que me recreaba bastante la vista. Para mí ese sentimiento era algo nuevo y tenía miedo de que se alejara de mí al saberlo y no me volviera a hablar. Charlamos y reímos hasta que volvió a sonar la sirena y cada uno regresó a su lugar.

Cuando llegó el final de la jornada, los pasillos se convirtieron en un hormiguero de gente con el mismo fin, llegar a sus casas. Cuando salimos de clase, Mario y yo buscamos a nuestros amigos y nos quedamos parados al ver a Estela hablando muy acaramelada con Raúl. No me podía creer lo que veía, pero era así. De golpe sentí un tirón del brazo que me arrastró hasta la puerta trasera y, cuando me pude recomponer, comprobé que era Mario, que al igual que yo, tenía la cara descompuesta. Le miré a los ojos y le pregunté:

—¿Qué es lo que está pasando, Mario? ¿Por qué está Estela tan pegada a Raúl?

—Lara, la verdad es que desde el día que nos conocimos los dos nos enamoramos de Estela y, según me contó Raúl, en vacaciones han estado hablando por WhatsApp.

—¡Estela nunca me dijo nada! —dije con un hilo de voz.

—A Raúl le gusta Estela, pero realmente a él le gustan todas. Es un mujeriego, eso debes de haberte dado cuenta. Lo que me molesta es que pudiendo tener la que quiera tiene que escoger la que me gusta a mí. Pero si ella lo ha escogido será por algo y ahí ya no puedo hacer nada.

—¡No me puedo creer que Estela, sabiendo lo que pasa, me haga esto!

—Pero, Lara, ¿qué es lo que te pasa? —me preguntó sorprendido—. Puedes confiar en mí, háblame.

No pude aguantar más y me eché a llorar. Cuando pude hablar, le expliqué que desde que nos conocimos me enamoré de Raúl, aunque sabía que nunca se fijaría en mí, era obvio que tenía dónde escoger. Pero mi dolor era más porque Estela sabía lo que sentía por él y al parecer no le importaba nada mis sentimientos.

En ese mismo momento comprendí que lo mejor era poner un poco de distancia entre las dos. No pensaba mover un dedo para arreglar lo de estar separadas en las clases, estaba muy dolida y decepcionada. Intenté justificarla, me dije que solo eran caricias, pero no dejaba de saborear el amargor de la traición en el paladar.

—Mario, creo que esta separación me irá bien y no voy a reclamar un cambio de clase —confesé.

—Eso mismo estoy pensando yo, que en cierto modo nos ha venido bien este cambio. A veces es buena la distancia y creo que me ha tocado una muy buena compañera.

Me gustó que en un momento tan delicado me sacara una pequeña sonrisa.

Se quedó a mi lado mientras me hablaba de como Raúl siempre se las llevaba a todas de calle y esta vez había aguardado la posibilidad de que fuera diferente. Se le notaba resentido y como la situación nos había otorgado el mismo papel, se creó una inmediata y desdichada complicidad entre ambos.

Le agarré de su brazo y le dije:

—¿Puedes acompañarme a la estación?

—Será todo un placer.

Por el camino iba dándole vueltas a los hechos y caí en la cuenta de lo que él me había confesado.

—¡Mario, espera un momento! Si a ti te gusta ella, ¿por qué no has movido un dedo para conseguirla?

—Porque sabía que a Raúl también le gustaba y que se la llevaría él, como se las ha llevado todas.

—Has dado por hecho algo que si hubieras movido ficha igual hubieras ganado la partida.

—¿Por qué dices eso?

—Ella en un principio se fijó en ti, pero nunca te acercaste y ella está acostumbrada a que deis el primer paso. Al no hacerlo decidió pasar página.

—No me lo creo, ¡ella nunca me dio a entender nada, Lara!

—Y nunca lo hará, es orgullosa, siempre escoge entre los que le merodean, se lo ponen muy fácil. Pero, ¿sabes qué? Yo si me di cuenta de tus miradas.

—Qué observadora eres.

—Si no te has dado cuenta, tengo todo el tiempo del mundo, no hay nadie que me entretenga como a ella —dije intentando no sonar patética.

Llegamos a la parada. Se me pasó el tiempo volando hablando con Mario. Nos despedimos hasta la mañana siguiente. Una vez en el autobús intenté hacer como que no había visto nada y así ver cómo iban transcurriendo los acontecimientos. Noté que ella estaba más contenta de lo normal, pero solo me dijo que era por la gente de su clase que había conocido y que estaba muy a gusto. Miré a Sara y María, que ellas sí coincidieron en la misma clase, y cómo no, estaban encantadas.

Fueron pasando las semanas y los meses. Se acercaba la Navidad. Yo veía que Estela cada vez estaba más con Raúl, pero no me decía nada, solo me daba esta excusa:

—El estar juntos en clase nos ha unido como amigos y nos ha dado más confianza. Es más o menos como estáis Mario y tú.

En un principio me afectó bastante, pero visto desde ese punto de vista y comprobando que mi relación con Mario también iba creciendo me fui acostumbrando a verlos juntos. Hasta que un día Estela me dijo:

—Estoy saliendo con Raúl. Me lo ha pedido, pero no le he dicho nada hasta preguntarte a ti, no quiero hacerte daño.

—Siente a tu corazón y haz lo que creas correcto, por mí no te cortes, sé de sobra que nunca se fijaría en mí. —Que pronto había olvidado su encaprichamiento por Mario.

Y así hizo, empezaron a salir juntos. Fue la mañana de un viernes en el autobús, cuando una vez sentadas las cuatro en la parte de atrás, nos comunicó que le había dicho que sí, que quería estar con él. Sara y María encantadas porque no sabían nada de lo que yo sentía, pero para mí fue la gota que colmó el vaso. Era ya duro verlos abrazados si tenía que verlos besarse sería horrible. Cogí el móvil y mandé a Mario un WhatsApp para que pasara a recogerme en la parada, que tenía algo que contarle.

En cuanto bajé del autobús me abalancé para él disparada y le pedí que no fuéramos a las clases, que no tenía el ánimo para ir y al parecer a él le pasaba igual. También se había enterado de los acontecimientos y tampoco le apetecía verlos juntos.

Nos fuimos a la cafetería que había junto al instituto para desayunar y después ya pensaríamos qué hacer. Llegó la hora del descanso y decidimos ir a clase con tan mala suerte que los primeros que vimos fueron a ellos abrazados y besándose apasionadamente, pero cuando ella alzó la mirada y nos miró, agachó la cabeza avergonzada. Sin embargo, volvió a mirarme y vi cierto destello de furia en sus ojos. No entendía nada, pero lo dejé pasar. Acabaron las clases.

De vuelta en el autobús estalló la bomba.

—¿Cómo has podido hacerme esto? Sabías que me gustaba Mario y has tardado muy poquito en meterte en medio.

—¿De verdad me estás diciendo esto? Eres la menos indicada para recriminar nada cuando tú, sabiendo que me gustaba Raúl, has estado hablando todas las vacaciones con él y te acabas de convertir en su pareja.

—No te hagas la mosquita muerta que sabes de sobra que yo siempre te he dicho la verdad.

—Yo diría que más bien ocultas la verdad y es que todos los chicos, guapos claro está, los quieres para tí sin importarte el daño que causas a los demás. Te recuerdo que no he sido yo la que está saliendo ni ha besado a Mario, sino tú la que has besado a Raúl y está con él.

—Sí, porque te estaba viendo a ti con Mario y sabía que te dolería.

—¿Me estás diciendo que estás saliendo con Raúl para darme celos porque estamos Mario y yo en la misma clase y eso ha creado una bonita amistad?

—Sí. No me gusta la confianza que tienes con él y odio verte a su lado.

—Vaya, jamás pensé que tú llegarías a estar celosa de mí, me sorprendes, Estela.

—Ojo por ojo y diente por diente. Tú me la estas jugando y yo no voy a ser menos.

—¿También eres vengativa? ¿Sabes lo peor? Que no contrastas las cosas y te llevan a la equivocación. Está claro que esta conversación no lleva a ningún lado, pero si me deja claro una cosa.

—¿Qué es lo que te deja claro, Lara? ¡Venga dímelo! —dijo con el tono un poco subido.

—Eso es algo que me guardaré para mí.

—Nunca has tenido agallas para decir las cosas.

—Será porque no quiero dañar a las personas que quiero.

Me adelante a un asiento que quedaba libre justo detrás del conductor, era la única forma de poner fin a esa discusión tan dolorosa para ambas. Una vez en la parada salí corriendo todo lo que pude, no quería verla ni dar ninguna explicación a Sara y María. Estaba segura que ya les habría contado Estela su propia versión. En otro momento, cuando tuviera más fuerzas, les contaría la mía si querían escucharme, claro, porque ella con su mirada angelical siempre se salía con la suya y su versión era la única verdadera.

Me encerré en casa llorando, los hechos y las duras palabras de tu mejor amiga dolían mucho, tenía que digerirlas y asimilarlas y la mejor manera era en soledad. Jamás pensé que podía ser tan fría conmigo. Mi madre se asustó al ver mi entrada en casa, no entendía porque lloraba de esas maneras, quería ayudarme, pero no sabía cómo y tampoco la dejé. No tenía ganas de revivir la conversación.

—Mamá, déjame, por favor. Cuando esté más tranquila te lo explicaré.

—Está bien, hija, no voy a insistir más, pero quiero que sepas que esa explicación la estaré esperando.

Esa noche no cené y permanecí encerrada en mi habitación. Tuve que prometerle a mi madre que le contaría lo que pasó a la mañana siguiente y aceptó.

Entre sollozo y sollozo me quedé dormida. Desperté cuando ya lucía el sol tras la ventana. Estaba desayunando cuando llamaron a la puerta. Me encontré en el umbral a mi amiga María.

—Hola, Lara. ¿Puedo pasar?

—Claro, la pregunta ofende. ¿Quieres algo de beber?

—No, gracias ya he desayunado.

—¿Qué pasa, María? —Nunca me habían gustado los rodeos, prefería que me soltaran las cosas a la cara.

—He estado hablando con Mario. La versión que Estela nos ha contado no me cuadraba. Saliste disparada del autobús y no me dio tiempo a hablar contigo, cosa que ella sí hizo. Anoche hablé con Mario para ver si él sabía algo y conocer si había otra versión.

—Pero, María, ¿dónde has visto a Mario? —le pregunté extrañada.

—Anoche quedamos para salir con Estela porque venía Raúl —confesó—, pero este por lo visto no se ha enterado de nada y ha venido como siempre acompañado de Mario. No te puedes imaginar la cara de Mario cuando ella les contó su versión de la discusión que habíais tenido. Cuando pude me aparté un poco y le dije que me explicara con pelos y señales que estaba pasando y me contó todo. ¿Sabes qué es lo que más me duele?

—¿Qué?

—Que no hayas sido tú la que me contara qué es lo que estaba pasando. Aunque tenga novio, siempre estaré aquí para darte mi apoyo y para lo que necesites como mi buena amiga que eres, no lo olvides nunca.

Al escuchar todo eso me abracé a ella y lloré hasta que ya no tuve más lágrimas.

—Lara, no llores más y vete arreglando porque nos vamos a la fiesta que voy a hacer en mi casa. Mis padres se van y me han dejado hacerla, siempre y cuando sea responsable. No vendrá mucha gente, los justos, pero tienes que ser fuerte y seguir con tu vida, no te puedes apartar de nosotras porque ella te haya fallado, todas no somos iguales.

—Está bien, pero no creo que sea el alma de la fiesta. Me acercaré un rato, pero no prometo nada.

Me dio un beso.

—A la una paso a recogerte, así que ponte en marcha —dijo como despedida.

—¡Pero si son las doce!

—Voy a comprar cosillas que me faltan y a la vuelta te recojo y no quiero excusas, no tienes alternativa.

Se fue como una flecha. No tenía ni ganas ni fuerzas para verlos porque sabía que estarían, pero por María hice un esfuerzo y me arreglé lo mejor que pude.

Cuando mi madre llegó a casa vino directa a mi habitación.

—Me debes una explicación y la quiero ya. Quiero saber qué pasa por tu cabeza —exigió.

—Si no me queda más remedio...

Y le relaté más o menos lo ocurrido. También que María había venido y que me iba a su casa. Se quedó un poco triste porque Estela era para ella como otra hija más. Nos había visto crecer juntas y no entendía su comportamiento. Ni ella ni nadie.

—Hija, vales mucho, pasa página y no dejes que nadie te pisotee porque nadie es más que nadie. El tiempo pone a cada uno en su lugar, solo hay que esperar.

Me dio un abrazo de esos que te llenan hasta el alma y te transmiten fuerza.

Al llegar a la fiesta, a la primera persona que vi fue a Mario. Se me acercó y me dio un abrazo. No dijo nada, pero tampoco hizo falta. Los dos sabíamos cómo nos sentíamos. María había advertido a Estela que no se acercara a mí, quería la fiesta en paz y aceptó. Yo lo agradecí y disfruté en compañía de Mario, unos amigos de ellos que también habían venido y nuestros amigos a los que María había invitado. A las una la gente se fue para sus casas y yo ya no podía más. La noche anterior no había dormido y se me cerraban los ojos. Me acerqué a María para decirle que me iba y darle las gracias por todo. Cuando me dirigí a la puerta sentí una mano en mis espaldas:

—Te acompaño, es muy tarde y no me gusta que andes sola a estas horas.

—Te lo agradezco, Mario, pero vivo aquí al lado.

—Me da igual lo que digas, Lara, te acompaño y punto.

Los dos nos echamos a reír y dejé gustosa que me acompañara. Al cerrar la puerta vi la mirada de Estela sobre mí y mi reacción fue agarrarme al brazo de Mario. Donde las dan las toman, guapa. Mario me miró sonriendo y agradecido por mi acto, el pobre no se había enterado de que teníamos una observadora.

—Lara eres una gran amiga, cada vez te quiero más —me dijo ya en la puerta de mi casa.

Me eché a reír y le contesté:

—Mario, las copas te sientan muy mal.

Y las carcajadas que dimos se debieron sentir por todo el vecindario, tanto que no tuve oportunidad de abrir la puerta de mi casa porque apareció mi madre.

—Hola, chicos, ¿queréis pasar?

—No se preocupe —dijo Mario muy cortés—, es tarde y tengo que volver a casa. *Ciao*, Lara.

—Hasta el lunes, Mario.

Lunes, era el penúltimo día para que nos dieran las vacaciones de Navidad y con ello las notas. Como siempre, estaba Mario y compañía esperando a que bajáramos del autobús para poder ir juntos al instituto. La mañana fue normal. Cuando llegó la hora del recreo nos avisaron los profesores de que en la cafetería nos habían preparado una fiestecilla de Navidad.

Nos dirigimos por cursos hasta allí y cuando entramos nos quedamos alucinados. Habían decorado todo muy bonito, hasta un árbol de navidad enorme y precioso en el centro del salón adornado de blanco y rojo con una estrella preciosa en la cima. Había de todo: refrescos, mantecados, mazapanes, turrones... Vamos, lo típico de las fiestas, hasta sonaban villancicos. El ambiente era muy cómodo, tanto los profesores como los alumnos charlábamos, reíamos e incluso bailamos cuando cambiaron la música.

Todo iba bien hasta que sentí una mano en la espalda.

Me giré pensando que era Mario con mi bebida, pero no fue así. Me quedé un poco sorprendida, no me esperaba su acercamiento, pero supe reaccionar y con un hilo de voz dije:

—Hola, Raúl, ¿qué pasa?

—Nada, solo quería desearte unas Felices Fiestas.

—Igualmente.

Mi salvación fue Mario que llegó con las bebidas. El ambiente se había enrarecido. No sabía qué decir ni como romper el silencio. Vamos, tampoco habíamos hablado nada en los últimos tres meses así que se giró y se marchó. Mario se quedó un poco extrañado y me preguntó:

—¿Qué ha pasado aquí?

—No sé, solo se ha acercado, me ha felicitado las fiestas y se ha marchado con tu llegada.

A los dos nos pareció raro. La cosa quedó ahí y no le dimos más importancia. La sirena sonó y llegó la hora de volver a casa. El trayecto al autobús María comentó:

—Mañana será el día de las notas. Niñas, ¿os apetece que cuando salgamos de recogerlas nos vayamos de compras?

—Claro que sí, día de chicas.

Miré a María, no era lo que más me apetecía, ella sabía lo que significaba para mí ir de compras, pero siempre podía meterme en una librería y comprar un buen libro mientras ellas se probaban sus vestidos. Esa si era una buena opción.

Al día siguiente, una vez recogidas las notas, nos fuimos a la cafetería a desayunar y a tomar fuerzas para la mañana que nos esperaba pateando las calles de escaparate en escaparate hasta encontrar algo de nuestro agrado y que nos encajara a la perfección. Verlas salir de los probadores con los trapos que les quedaban como un guante me exasperaba. Por más vuelta que le daba a las tiendas, nunca había tallas para mi y, harta de ver la pasarela de modelos que tenía con mis amigas, les dije:

—Chicas os espero en la librería de enfrente.

Estela soltó uno de sus dardos envenenados.

—¿No encuentras en toda la tienda nada de tu gusto? ¿O es que nada te cabe?

—Vete a la mierda, Estela.

Escuché que desde su probador que María le contestaba:

—Estela, puedes cerrar tu linda boquita. Así estás hasta más guapa.

Salí de allí lo más rápido que pude, no tenía ganas de montar un escándalo en mitad de la tienda y tropecé con una de las chicas que estaba colocando ropa.

—Perdón.

—No, perdona tú, no he podido evitar la conversación. ¿No has visto nada que te guste?

—Claro que sí, pero todo me está pequeño, no hay tallas para mí.

—Igual no has buscado bien. ¿Quieres que te ayude?

—No importa, no quiero molestarte.

—No me molestas, para mí es un placer ayudarte. Creo que tengo algo que te irá perfecto.

Se giró e instándome a seguirla comenzó a moverse entre los percheros hasta que encontró lo que quería.

—Aquí está, perfecto para tí. Pruébatelo. Te esperaré para ver que tal o si necesitas otra talla.

Me entrego una blusa preciosa de un azul cielo que junto con unos pantalones negros, muy ajustados y con talle alto disimulaba bastante mi estómago y se ajustaba a mis piernas haciéndolas incluso un poco más delgadas. Me quedaba perfecto y muy elegante. Al salir, mi sonrisa lo decía todo. Por una vez desde hacía mucho, pero que mucho tiempo, encontraba algo que me gustaba, que era moderno y me estaba perfecto. La chica me sonrió y me dijo:

—Estás guapísima y te queda genial.

Las chicas al escuchar el comentario salieron de sus probadores para ver que sucedía, menos Estela, claro. Al verme las dos exclamaron elogios y María hasta silbó.

—¡Madre mía, Lara, estás guapísima! —me dijo.

Yo, más colorada que un tomate, me giré hacia la dependienta.

—No sabes lo que agradezco tu ayuda.

—Ya sabes dónde estoy. Encantada de haberte ayudado.

Miré su acreditación y le contesté:

—Beatriz, ten por seguro que te buscaré en mi próxima compra.

Me guiñó un ojo y siguió con sus quehaceres. Por una vez en mucho tiempo salía de una tienda contenta, con el ánimo subido y con mi bolsa a cuestas.

Al salir nos encontramos con los chicos. Era la hora del tapeo, así que nos fuimos con ellos a un bar para tomarnos unos refrescos. Luego iríamos a comer y alargaríamos la tarde con un rico café acompañado de un sabroso croissant. Un día completo para poner el broche final a un trimestre complicado. Al llegar a casa me encontré a mi madre más seria de lo normal. Pensé que era por mi tardanza, pero como veía que no decía nada. Al final pregunté yo:

—Mamá, ¿qué pasa? ¿Estás enfadada conmigo?

—No, cariño. Solo es algo que ha pasado que va a cambiar un poco nuestras vidas.

Sorprendida y un poco asustada pregunte:

—¿Qué está pasando, mamá? Dímelo, por favor.

—Siéntate, cariño —ordenó. Me estaba matando la impaciencia—. Siento decirte que a papá lo han trasladado a la comisaría de Alicante y nos tendremos que mudar. Está lejos de aquí y no quiero dejar a tu padre solo. Lo siento por ti, por todo lo que eso te va a ocasionar.

Aquello fue un jarro de agua fría. Me costó reaccionar, sin embargo, era consciente de que una parte de mí lo consideró un alivio y así se lo hice saber:

—No te preocupes. Igual me viene hasta bien un cambio después de lo de Estela —confesé—. Y a pesar de que las chicas hacen lo posible por estar conmigo yo sé que ellas quieren estar con sus chicos y yo me siento un poco fuera de lugar.

—Gracias, hija, por entender la situación.

—¡Mamá, no llores! —exclamé al ver como perdía la compostura. La abracé para calmarla. Verla así me partía el corazón y no pude evitar que una pequeña lágrima rodara por mi mejilla.

—Para mí también es duro, allí no conocemos a nadie y tú tienes que empezar en un nuevo instituto y...

—Pero, mamá, si eso para ti nunca ha sido un problema. Sabes que pronto te harás con las vecinas como otras veces ha pasado. Y por mí no te preocupes, me adaptaré rápido, seguro que este cambio me vendrá fenomenal. —Esto último no me lo creía ni yo, pero fue suficiente para sacarle una sonrisa

A la mañana siguiente llamé a mis amigas para comunicarles lo de la mudanza y que estaban invitadas a visitarme cuando ellas quisieran. A la media hora las tenía en la puerta a todas, incluso a Estela. Me quedé un poco asombrada. No me la esperaba allí, y ella al ver mi cara de duda, se acercó.

—Perdona la intrusión. No quería que te alejaras sin que supieras que este tiempo te he echado de menos y siento mucho el daño que te he hecho. Sentí celos de tu cercanía con Mario, me cegué y lo único que pensé era en hacerte lo mismo. Perdóname, por favor.

—Me has tratado como si fuera unas de tus rivales— contesté—. Y hubiera sido todo mucho más fácil si me hubieras contado que es lo que realmente pensabas.

—No he actuado bien, lo sé, pero me cegué.

—No me duele que salgas con Raúl. Si él te hace feliz, yo estoy feliz, porque es lo que quiero como amiga si es lo que verdaderamente quieres tú, pero si la forma en que lo has hecho todo, sin importarte mis sentimientos. —Se quedó pensativa antes mis palabras, supongo que asimilando la información y pensando que decir, pero continué—: Tenemos una conversación pendiente, Estela, pero este no es el momento.

—De acuerdo, Lara, cuando tú quieras.

Me quedé un poco pensativa, estaba dolida, pero al pensarlo fríamente, ya que yo me iba y solo la vería de vez en cuando, decidí perdonar, pero no olvidar. Tenía que reconocer que en este último mes apenas pensaba ya en Raúl, no hablábamos, no teníamos nada en común, lo que estaba conociendo de él distaba mucho de ser la pareja perfecta para mi. Creo que poco a poco me fui desencantando de esa atracción física inicial. Ese pensamiento me hizo pensar en Mario y una sonrisa asomo en mi cara.

La voz de mi madre me volvió a la realidad.

—Lara, esas cajas hay que bajarlas.

—Ya vamos.

Todas ayudaron a cargar lo necesario, teníamos que partir rápido. Le habían dado poco margen a papá para presentarse en el trabajo, lo que dio lugar a coger solo lo imprescindible. Ya volveríamos a por lo demás en puentes o fiestas.

Cuando se marcharon mis amigas y me senté en el salón para descansar después del día tan ajetreado, pensé en Mario, aun no le había dicho nada de mi partida.

—Hola, Mario, ¿qué haces?

—En casa, descansando, hemos tenido partido de pádel.

—¿Quién ha ganado?

—¿Lo dudas?

—Tengo que decirte algo. No quería marcharme sin que supieras que han destinado a mi padre a Alicante y partimos de madrugada.

—Lara, ¿por qué no me lo has dicho antes? Me hubiera acercado a verte.

—Lo siento, con tanto trajín lo olvidé.

—Ya veo lo poco que piensas en mí.

—No me digas esas cosas, ha sido todo muy precipitado y en cuanto he parado un segundo ya ves que lo he hecho.

—Ten buen viaje, estaremos en contacto.

Estaba claro que se había enfadado. No quería que esa fuera nuestra despedida.

—Perdóname, de verdad, las chicas al enterarse vinieron rápido y entre caja y caja se me pasó avisarte.

—No pasa nada, Lara, solo que me hubiera gustado enterarme antes para poder ir a verte, despedirte e incluso ayudarte si hacía falta, pero no me has dado opción, solo es eso.

Puse cara de pena y ojos de corderito a pesar de que sabía que no me podía ver, y con voz dulce le dije:

—¿Me perdonas?

—No me pongas cara de corderito.

—¿Cómo sabes que la tengo?

—Porque te conozco muy bien y sé que lo sientes de verdad. Anda, venga, vete a descansar que mañana tienes un día largo.

—Buenas noches, Mario.

—Dulces sueños, Lara.

—*Ciao*.

Imposible dormir, los nervios me tenían activa, ni la tele me llamaba la atención e iba a fundir los botones del mando con el *zapping* cuando de pronto llamaron a la puerta. Miré el reloj: eran las doce de la noche. «Madre mía, ¿quién será a estas horas? ¿Habrá pasado algo?» me pregunté. Al abrir la puerta encontré a Mario apoyado en la pared. Parecía nervioso.

—Mario, pero, ¿qué haces aquí?

—Siento la hora, pero no me has dejado alternativa. Te vas sin despedirte de mi. Por teléfono las cosas son muy frías, ¿no crees?

—No digas eso, Mario, que me haces sentir mal y sabes que te he avisado en cuanto he tenido tiempo.

—Ya veo que soy el último de tu lista.

—Eres cruel, ¿sabes?

—Perdona, pero me ha enfadado un poco tu olvido. Ven aquí que te estruje.

Y me abrió sus brazos donde me aferre con ganas y su aroma me envolvió en una dulce nube, ¡Cuánto lo iba a echar de menos!

—Me alegro mucho de que hayas venido.

—Y yo de haberlo hecho, Lara. —Me miró tan profundamente a los ojos que se me pusieron las mejillas coloradas y no sabía muy bien por qué. Bueno, en realidad sí, nunca nadie me había mirado así. No entendía por qué en mi estómago revoloteaban mariposas si Mario era solo un amigo, bueno, el mejor que había tenido. Su mano retiró el mechón de pelo que tenía suelto y con el pulgar fue rozando mi mejilla. Sus ojos me tenían atrapada. Sentí la yema de sus dedos acariciar mi nuca y con una suavidad apenas perceptible me fue acercando hasta posar sus labios en los míos.

Al principio no supe qué hacer, aquel era mi primer beso y madre mia que beso, pero fui dejándome llevar y al final respondí de forma natural. La intensidad del beso aumentó hasta que se vio interrumpido de golpe. La voz de mi madre se escuchó desde el interior de la casa preguntando quién era nuestra visita. Me separé de Mario de un sobresalto, nerviosa, confusa y encantada.

—Mamá, es un amigo que ha venido a despedirse —dije con la voz algo entrecortada.

—Lara, perdona, no sé que me ha pasado.

—No pasa nada —me apresuré a decir—. Yo tampoco sé lo que me ha pasado, pero no quiero que esto estropee nuestra amistad.

—¿Podemos dar un paseo o sentarnos en el parque un ratito? —sugirió.

Asentí y después de avisar a mis padres, nos encaminamos al parque que había cerca de mi casa. Allí lempecé a contarle cómo nos enteramos del traslado, cuál era su destino, lo ocurrido con Estela y lo que me habían ayudado las chicas entre otras cosas. Pero después de lo ocurrido no podía dejar de mirar esos dulces labios que me habían besado y me habían roto todos los esquemas. Por raro que me pareciera, mi mente rezaba porque me besara otra vez.

Noté a Mario muy pensativo y más serio de lo normal y me estaba poniendo nerviosa.

—Mario, ¿qué te pasa? Estás muy callado.

—No quiero que te vayas sin saber algo. ¿Te ha contado Estela que lo ha dejado con Raúl porque lo ha pillado con otra?

—No, nuestra conversación ha sido escueta, ella ha pedido perdón y sabe que necesitamos aclarar las cosas, quedará pendiente para cuando vuelva.

Quedé un poco descolocada tras la noticia, más que nada pensando que ese podía haber sido el motivo de su nuevo acercamiento, se quedaba otra vez sola. Note como Mario no dejaba de mirarme, ahora si me estaba poniendo nerviosa.

—¿Por qué me miras así?

—Intento averiguar qué es lo que esa cabecita está maquinando.

—Pues pueden resultar hasta fríos mis pensamientos si los digo en voz alta, pero creo que ese ha sido el motivo por el que se ha vuelto a acercar a mí. Vuelve a estar sola. ¿Sabes qué? Que esta vez se tendrá que buscar a alguien porque la tonta de Lara ya no estará para llenar sus tardes vacías.

—¿Solo piensas eso? Ahora ya sabes que Raúl está libre.

—Visto lo visto, cada vez tengo más claro que no es chico para mí y que tampoco se hubiera fijado en mí teniendo los *pivonazos* que tiene alrededor. Está claro que lo que me llamó la atención de él fue su físico porque como persona no me llena nada, no tenemos nada en común.

—Me alegra saber eso.

—Ah, ¿sí? ¿Y eso por qué?

—Porque así te tengo solo para mí.

Volvió a besarme despacio, muy dulce y delicado. Fue corto, pero me supo a gloria. Deseaba que no parara, me gustaba su sabor y la dulzura en la que lo hacía. ¡y, dios mío! ¿qué era lo que estaba sintiendo? Mis pensamientos volaban al igual que en mi estómago revoloteaban mil mariposas.

—¿Qué piensas, Lara? Dime lo que está pasando por tu cabeza. Dime que es lo que sientes.

—No sé qué decir, Mario. Yo no me esperaba que tú...

—No te esperabas que pudiera sentir algo por ti.

—Pues no, la verdad. Nunca lo espero de un chico.

—Lara, eres una mujer maravillosa, solo hay que observar un poco para darse cuenta de que tu luz está en tu interior y eres atractiva, aunque tu no lo quieras ver. Cuando te das cuenta ya estás atrapado. Te has vuelto alguien imprescindible en mi vida y ahora te vas. No quiero que te marches sin saber que en estos últimos días no he podido dejar de pensar en ti. No es algo que haya pasado de repente, se ha ido cociendo poco a poco y con el día a día. Me fascina tu manera de ser, de hablar, de saber estar y te has ido metiendo poquito a poco dentro de mi cabeza. Este cariño especial se ha ido cociendo a fuego lento.

Le puse un dedo en el labio para obligarlo a callar. Le miré a los ojos en un arranque de valentía. Quería saber lo que pasaba, pues me armé de valor. Estela siempre me había acusado de que nunca daba un paso con el chico que me gustaba y no le decía lo que pensaba, pues ya iba siendo hora de ir cambiando ese defectillo.

—Mario, creo que en mi desencanto con Raúl has tenido mucho que ver.

—¿A qué te refieres?

—A que el último mes apenas me ha importado lo que hicieran esos dos, porque tú lo llenabas todo y me hacía feliz saber que estabas a mi lado.

Esta vez fui yo la que le beso, la que se acercó a él para sentirlo porque era lo que quería, lo que más necesitaba en ese momento.

—Eres la chica que me completa, Lara. Siento decirte esto cuando te vas, pero no quería que te fueras sin saber lo que siento por ti. Si no me quieres, así te va a ser fácil...

—Calla y no digas tonterías, en todo caso tu eres la causa de que mi partida sea un poco más difícil. Me has dado la miel y ahora que voy a hacer sin mi colmena.

—Eres única, ven aquí osita Poo.

Me llenó de besos por todos lados y sus brazos me acunaron con cariño haciéndome sentir como en casa, una casa que mañana también se quedaría atrás.

Ahora entendía el significado de sentir que te revolotean mariposas en el estómago. Estaba tan extasiada que tenía ganas de brincar. Sus caricias erizaban mi piel, había encontrado el amor o eso creía y me tenía que separar de él. Mis pensamientos volaban con cada caricia y no pude evitar que una lágrima se escapara justo en el momento en que sus labios besaban esa zona. Saboreo la lágrima y mirándome a los ojos me pregunto.

—¿Por qué lloras, Lara?

—Mario, llevo tanto tiempo deseando que alguien se fijara en mí, he soñado tantas veces con mi primer beso, que ahora que se cumple este momento me parte el corazón al saber que mañana tengo que partir. Es injusto. Para mí es muy duro saber que esto es un principio con un fin precipitado. Un hola y adiós sin retorno.

—¿Quién te ha dicho que esto sea un final?

Y me besó hasta quedar sin aliento.

La llegada a Alicante fue al principio un caos: buscar piso, (encontramos uno provisional cerca de su trabajo y del instituto), descargar lo que traíamos, acomodarnos, adaptarnos a la casa, a la ciudad, las calles y a los vecinos.

Mano a mano, mi madre y yo lo fuimos acomodando todo en el piso, y aunque nos quedamos con una cena rápida para Nochebuena, intentamos tenerlo todo preparado para la entrada de año.

Mi hermano llamó para comunicarnos que le habían concedido unos días y que venía a casa. Él estaba en la academia preparándose para ascender a policía científica. Su llegada a casa trajo la alegría que tanto habíamos necesitado. Hacía seis años que no nos juntábamos en Nochevieja, aunque estábamos con la abuela y los tíos, él siempre faltaba. Solía venir en verano o Semana Santa, pero para navidades siempre estaba de guardia.

Vino con una noticia debajo del brazo y se le notaba que estaba feliz: le habían dado plaza fija en Bilbao y estaba encantado porque así no estaría de aquí para allá. Eso le daba una estabilidad para poder comprar una casa y lo que surgiera.

Esa noche nos pusimos nuestras mejores galas, después de cenar saldríamos a dar una vuelta para ver a los compañeros de papá, que por lo visto era una tradición juntarse después de cenar en el Pub John Mulligans. Era un local muy famoso, no muy grande, pero muy acogedor, y esa noche lo alquilaban solo para ellos. El interior del local era de paredes de piedra y muebles de madera oscura y antigua. Como decoración principal estaban las botellas de alcohol de las marcas de todos los lugares del mundo, de mil formas y colores que le aportaban un toque especial.

El aforo estaba completo. Se veían matrimonios con sus respectivos hijos y chicos de todas las edades en grupos hablando entre ellos. Papá nos presentó a muchos de sus compañeros. Me costó retener más de cuatro nombres, era mucha información en muy poco tiempo.

Mientras mis padres hablaban con una pareja, fui a la barra; después de las cenas excesivas solo te apetece beber algo que calmé tu sed. A lo lejos vi a mi hermano hablando con un grupo de chicos. Me dieron mi bebida y decidí acercarme a ellos. Me presentó como la enana de su hermana, a pesar de saber cómo me irritaba el mote.

—¿Jesús, por qué me has llamado enana delante de todos? —le pregunté al oído mientras él no paraba de reír. Seguramente estaba disfrutando de mi indignación.

—No te he dicho que son mis amigos de academia, ¿verdad? Este es su destino, estuve tanto tiempo con ellos que cuando hablábamos nosotros por teléfono ellos se reían de cómo te llamaba. Y ya por fin han conocido a mi enana.

—Sabes que no me gusta.

—¡Lo siento, pero tenían que conocerte!

Todos rieron. La noche pasó contando anécdotas de los chascos y hazañas que les habían pasado, de las detenciones raras que habían conseguido y del premio al valor que le habían otorgado a uno de ellos por recibir la bala que iba destinado a un alto mando. Yo me emocionaba por todas las historias, sería que la sangre de policía corría por mis venas. Fui a por algo de beber y un chico muy majo quiso acompañarme.

—¡Tenía muchas ganas de conocerte! Fui compañero de guardias y de habitación de tu hermano. Me ha hablado tanto de ti que siento como si fueras mi hermana.

«Hum... Un nuevo hermano guapetón para comidilla de mis amigas las víboras». No sé por qué pensé en Estela, pero no lo pude evitar pues guapo que se acercaba, ella lo cazaba. Deseché ese pensamiento y dije:

—Yo siento no poder decir lo mismo, mi hermano es un poco reservado y me cuesta saber quién eres exactamente. ¿Cómo era tu nombre?

Era una verdad a medias pues mi hermano si me lo contaba todo, solo que tenía un cacao de nombres sin cara que no sabía cuál era exactamente él y su historia.

—Julián, mi nombre es Julián.

Solo con su nombre ya me fui directa a su historia y lo debí dejar pasmado a juzgar por su expresión. —¿El que salió desnudo detrás de una chica para que te devolviera tu ropa porque te había pillado con otra? ¡Eres un Romeo! Perdona, acabo de recordar esa anécdota, como podrás ver mi hermano me cuenta cosas que voy olvidando.

El pobre se puso de todos los colores y quedó un poco avergonzado, pero donde las dan las toman. Él se hacía el chulito de saber muchas cosas sobre mí y yo no iba a ser menos. No podía reír más al ver su cara de asombro.

—Perdona, ¿te ha molestado?

—No, tranquila, solo que aquello fue vergonzoso y me gustaría tener el poder borrarlo de la memoria de todos para que no se burlen más de mí.

Nos miramos y nos echamos a reír. Una vez en la barra pedí un Ron-cola corto y él una Coca cola light. Otra vez me había descolocado y por la cara que puse se encogió de hombros y me explicó:

—Entro de tarde, no sé a la hora que me acostaré y no quiero patrullar borracho. Eso es todo.

—Chico responsable, eso me gusta —le dije mientras le guiñaba el ojo.

Seguimos bailando, charlando y riendo. Con cada hazaña que me contaban más me convencía de que quería dedicarme a ser poli como los hombres de mi casa. Sabía que iba a ser muy duro para mí, no estaba preparada físicamente y la altura la raspaba para mujer, pero lo intentaría, me gustaba ayudar y escuchar a la gente. Lo más difícil sería decírselo a mamá. Ya lo pasaba mal con sus dos hombres expuestos en las calles como para también pensar en su hija en el mismo ambiente.

Llegó el día de Reyes. Esa mañana habíamos llevado a mi hermano al aeropuerto, tenía que volver al trabajo. Papá volvió al suyo y mamá y yo decidimos ir a ver la cabalgata. Me traía buenos recuerdos, siempre me habían llevado a la de mi pueblo y nos apetecía ver cómo era la de nuestra nueva ciudad. Preparadas para salir, abrí la puerta del piso y me encontré con la persona que estaba a punto de tocar el timbre de casa. No podía creer lo que mis ojos estaban viendo, no podía reaccionar. Sentí las manos de mi madre empujándome para poder salir porque bloqueaba la puerta de entrada y me hizo reaccionar echándome a sus brazos. ¡Mario estaba aquí!

Había venido a verme, había recorrido muchos kilómetros para estar conmigo, ¡no me lo podía creer! Me moría por besarlo, pero delante de mi madre no podía. Tampoco quería adelantarme, no sabía lo que esperaba de mí, pero sus brazos rodearon mi cintura con tanta ansia que algo me decía que sentía lo mismo que yo.

—Hola, princesa, no sabes lo que te he echado de menos —me susurró al oído.

—Lo mismo te digo. ¡No me esperaba esta sorpresa! —Me separé un poco de él para dirigirme a mi madre—. Perdona, este es Mario, ya lo conoces, era mi compañero de clase en...

—Sí hija, me acuerdo de él. ¿Te apetece venir con nosotros a ver la cabalgata? —dijo mi madre mientras le daba dos besos.

—Por supuesto, no me lo perdería.

Mamá cerró la puerta y tomamos dirección a la calle Maestro Alonso por dónde pasaría la cabalgata para que los niños que estaban en el Hospital los pudieran ver. Mientras buscábamos la calle y un lugar donde detenernos, aproveché para interrogar a Mario.

—¿Cómo están las chicas? ¿Qué has hecho en estos días? ¿Con quién pasaste la Nochebuena y la Nochevieja? ¿Cuándo has planeado esta sorpresa?

—¿Alguna pregunta más? —Me miró con cara de guasa—. Las chicas están como tú las dejaste. En Nochebuena cené con mi familia y luego en la casa de Raúl montamos una juerga de aúpa. La Nochevieja fue en el cotillón del Pub Joker. Ya sabes, baile y alcohol. ¿Y la tuya?

—Las mías han sido diferentes. En Nochebuena, después de un día duro colocando las cosas que nos quedaban de la mudanza tuvimos una cena tranquila y familiar, después a la cama a descansar, tampoco conozco a nadie para irme de fiesta por aquí. —dije encogiéndome de hombros—. En Nochevieja nos visitó mi hermano, toda una gran sorpresa. Después de cenar nos fuimos a un local donde los compañeros de mi padre hacían una fiesta y pudimos conocer algunos de ellos. Allí bailé un poco y lo pasé bien.

—¡Oh! Demasiado hombre a tu alrededor.

—¿Celoso? —pregunté con una sonrisa traviesa.

No dijo nada, solo me miró y me sonrió. Llegamos a la calle del hospital. Las caras de los niños eran dignas de admirar, todos con sus sonrisas inocentes y alegres a pesar de estar ingresados por alguna patología.

Las carrozas estaban preciosas decoradas con mil luces de colores y espumillones. Cada una con sus personajes vestidos según la temática de la carroza, repartiendo caramelos e ilusión. Estaba tan embobada mirando todo aquello que no me había dado cuenta de que me había cogido la mano hasta que me la apretó y, tirando de mí, me acerco a él y me susurró al oído:

—Quiero hablar contigo.

Tal comentario me puso el corazón a mil por hora. No fue lo que dijo, sino cómo me lo dijo, el tono de su voz cargada de deseo. Mi madre al ver la mirada que nos teníamos carraspeó.

—Lara, me voy a pasar por comisaría para recoger a tu padre que sale a las diez e irnos juntos a casa. Disfruta de tu visita. Encantada de volver a verte, Mario.

—¿Quieres que te acompañemos?

—No cariño, está aquí al lado y así doy un paseo. Vosotros disfrutad.

Se marchó y nos dejó solos en medio del barullo. La seguimos con la mirada y cuando ya no la veíamos, nos miramos a los ojos y nuestros labios se unieron con añoranza y deseo. Primero fue cariñoso y dulce, pero el beso fue tomando fuerza y se volvió exigente.

Estábamos en una burbuja a pesar de estar rodeados de gente por todos lados, pero de pronto la carroza se puso en movimiento y las personas comenzaron a moverse. La marea nos arrastró con ellos. Nos separamos a la fuerza. Tomó mi mano y sorteamos a las personas como podíamos hasta encontrar un parquecito donde no había apenas gente y nos dirigimos a él para poder estar solos. Allí sus manos volvieron a rodear mi cadera y apretarme a él con deseo. Nos volvimos a besar rozando cada centímetro de nuestras bocas hasta quedarnos sin respiración. Al separarnos para tomar un poco de aliento, metió su mano en su bolsillo y sacó un regalito que puso en mi mano. Yo no me lo podía creer: ¡Un regalo de Mario! Pero que romántico y detallista era. La abrí muy nerviosa. Yo no tenía nada para él, claro, tampoco sabía que venía. Era una cajita con una fina cadena de plata con una placa en forma de sobre y un corazón en medio en el que estaba grabado TQ. La sacó de la cajita, me hizo dar la vuelta para así poder ponérmela. Era preciosa. La toqué con mis manos, la cogí y la besé. Eso hizo reír a Mario.

—Espero que cada vez que la veas te acuerdes de mí.

—Mario, ¿cómo puedes dudarlo?

Y lo besé con agradecimiento, luego con pasión hasta que se fue separando poco a poco.

—¿Qué pasa? ¿Por qué te separas?

—Porque si sigues así no voy a poder separarme en un buen rato de ti, aunque esa idea me encanta. El viaje ha sido largo y apenas he parado, tengo bastante hambre, ¿Dónde podemos ir a cenar?

—La verdad es que no he tenido tiempo de salir, pero comentaron que en aquel bar se come bien, aunque hoy con la gente revoloteando para un lado y otro será difícil, pero por probar que no quede.

—Pues andando.

Nos encaminamos hacia el bar y noté que se estaba poniendo nervioso. No le dije nada, no quería agobiarlo, no sabía si eran solo imaginaciones mías. La suerte estaba de nuestra parte; una pequeña mesa quedó libre justo cuando nosotros entrábamos y nos la prepararon en un minuto. Una vez acomodados en el bar y pedido las bebidas y la comida, se dispuso a hablar:

—Lara, no quiero darle más vueltas a lo que te tengo que contar y antes de dar el paso que quiero dar, necesito contarte algo.

—¿De qué hablas Mario? Me estás asustando.

—Mira, en Nochevieja se me insinuó Estela. Al principio no le hice caso, pero fue pasando la noche, cada vez estaba más bebido. No es que quiera echarle la culpa al alcohol, pero al final no sé cómo, acabamos enrollándonos, solo fueron besos, de verdad, no hubo nada más.

No podía creer lo que me estaba contando. Como escocía esta confesión. En mi cabeza se formó la imagen de ellos dos besándose que me daba repelús. Desde luego no era plato de gusto para nadie. Su pregunta me sacó de mis pensamientos y de verdad que lo agradecí.

—Por favor, Lara, dime algo. ¿Qué es lo que estás pensando?

—Mira, Mario, soy consciente de que no somos nada, solo nos hemos dado unos besos y que eres libre de hacer lo que quieras y con quien quieras. Si quieres que te sea sincera, no creía que después de lo que me contaste la última vez que nos vimos ocurriera esto, me siento un poco decepcionada, pero de alguna manera puedo entenderlo. Sé de la manera en que actúa Estela.

—¿Qué quieres decir?

—Pues que siempre le has gustado, Mario. Que está acostumbrada a que lo consigue todo cuando y donde quiere y contigo no ha sido así, hasta ahora claro. Desde ya te pongo sobre aviso que de ahora en adelante serás su presa e irá a por ti, si es que aún no ha conseguido lo que de verdad quiere, sino pues pasará a otra cosa mariposa y quedarás en el olvido.

—Lara, quiero que me escuches. La última vez que nos vimos te dije que estaba sintiendo algo por ti. Te he echado mucho de menos en estos días. No me voy a justificar en lo que pasó, pero sí que me han confirmado que los besos que quiero sentir a diario son los tuyos, los que me llenan el corazón de alegría y promesas. He sentido que de alguna manera te estaba engañando y necesitaba contártelo.

—No tienes por qué sentirte así, ya te he dicho que no somos nada.

—Ese es el problema, que yo sí quiero que seamos algo, algo bonito y sincero. Por eso he venido. Tenerte cerca ha afianzado aún más mis sentimientos y saber qué es lo que quiero.

—¿Y qué es lo que quieres?

—Te quiero a ti. Quiero que me des la oportunidad de estar contigo, de conocernos como pareja. Lo que te dije lo dejé al aire, pero no quiero que quede así, quiero estar contigo, quiero darnos una oportunidad.

No sabía qué pensar ante tal declaración. Por una parte me halagaba el pensar que me estaba eligiendo a mí y no a ella, pero me dolía el engaño. Casi prefería que no me lo hubiera contado, así no me los imaginaría en esa tesitura y no estaría tan atenta cuando los viera juntos. No sabía muy bien qué hacer, necesitaba algo de tiempo para pensar antes de decir nada, la distancia jugaba en mi contra.

—Lara, mírame, quiero que lo pienses. No te estoy pidiendo una respuesta inmediata, sé que lo que te he contado te ha descolocado un poco, pero quiero tener algo contigo, sin mentiras, por eso he sido sincero y te he contado lo de Estela. No quiero empezar una relación contigo sobre una base de mentiras.

Solo pude responder con un leve asentimiento de cabeza. Por suerte vino el camarero con las bebidas y casi seguido, la comida. Mi apetito había desaparecido de golpe.

—¿No te gusta la comida?

—Sí, es solo que no tengo hambre —mentí.

Intentamos pasar el rato con conversaciones banales, pero se palpaba en el ambiente el malestar. Él respetó mis silencios, tenía que asimilarlo, pero no sabía hasta cuándo estaría aquí ni cuánto tiempo me daría. Mi cabeza iba a mil por hora, ¿qué me pasaba? ¿qué era lo que sentía en realidad por él? ¿Por qué el último mes me enfadaba tanto cuando alguna chica se le acercaba? ¿Estaría enamorada de él o era solo el miedo a perder la amistad que teníamos?

Pagó la cuenta, incluso me abrió la puerta para salir del local, todo un caballero perdido en esta era tan moderna, pero ningún gesto lograba despejarme. Estaba bastante perdida en mis pensamientos. Al final nos dirigimos a casa.

—Lara, me voy mañana por la tarde.

—¿Tan pronto? Yo no… —calló mi boca con un beso.

—No te estoy pidiendo una respuesta inmediata, solo quería que supieras lo que siento y lo que ha pasado en tu ausencia. Si decides darnos la oportunidad de conocernos y descubrir lo que en realidad sentimos el uno por el otro, solo tienes que decírmelo.

Volvió a besarme y se giró para marcharse. Yo no sabía qué decir ni que pensar. Me di cuenta de que no sabía dónde se alojaba.

—¿Dónde estás parando?

—En el hotel Maya, habitación 202.

Sonrió, me guiñó un ojo y siguió su camino. Entré en casa. Mi cabeza era una olla a presión, no sabía qué pensar, tampoco sabía lo que sentía por él. El odio y la decepción al pensar en Estela me entristecía, pero también entendía la situación. Ella se había quedado sola y siempre le había gustado Mario, aún no lo había conseguido y eso era para ella un reto. Era normal que si se acercaban el uno al otro pasara algo y más si yo estaba a unos setecientos kilómetros de allí. Todo era un lío, y yo, ¿yo qué era lo que sentía? Cariño, amistad, complicidad, atracción, amor...

La noche fue eternamente larga. No dejaba de dar vueltas en la cama y la cabeza no paraba de pensar. A las siete de la mañana ya no podía estar más en la cama y me levanté, me puse mis deportivas, mi chándal y salí a correr. Mis pensamientos iban de un lado para otro y sin darme cuenta me encontré en la puerta del hotel en el que se estaba hospedando Mario. Al darme cuenta de dónde me encontraba me invadieron unas ganas enormes de verlo, de tocarlo, de sentirlo.

Me dirigí hacia su habitación sin pensar en la hora ni en nada, solo en lo que quería hacer y llamé a la puerta. Me abrió un Mario despeinado y somnoliento. Poco a poco su sonrisa se tornó picarona y me hizo sonrojar.

—¿Puedo pasar?

—Claro que sí, pasa y siéntate. ¿Qué ocurre para que vengas a estas horas?

—No podía dormir, necesitaba hablar contigo. No mire la hora, siento despertarte —dije mientras me acercaba a la cama que era el único sitio a la vista donde podía sentarme. El se sentó en el cabecero de la cama apoyando la espalda en la pared y me instó para que yo hiciera lo mismo.

—Ya quisiera yo que me despertaras más días. Dime, ¿qué es lo que te ronda por esa cabecita? —Me acercó a él y sentí como sus labios tiernos rozaban los míos y se fundían en un beso corto, pero muy tierno. Lo miré tímida y le dije sin pensar más;

—Mario, me gustas desde hace un tiempo, igual antes de darme cuenta.

—Y yo sin saberlo, este despertar me gusta cada vez más.

—No seas payaso, esto es serio.

—Y yo también te lo digo en serio, que quiero más. Que te quiero a mi lado.

—Yo también quiero esa oportunidad.

—Me acabas de alegrar la mañana. —Dijo mientras tiraba de mí para besarme y tumbarnos en la cama. Me acomode entre el hueco que me hizo con su brazo y su cuerpo, pegándome a él, sintiendo su calor. Sintiendo el roce de sus dedos en mi brazo mientras me besaba con ternura. Un sitio en el que cada vez estaba más cómoda.

Así pasamos la mañana, entre arrumacos, besos y caricias. Entre confesiones y anécdotas del tiempo en el que habíamos estado separados. Conociéndonos un poco más. Algunas veces sus caricias buscaban debajo de la ropa, pero no estaba preparada para que tocara lo que aún no estaba preparada para mostrar.

—Lo siento, no te asustes, solo quiero acariciar y sentir tu piel, sé que necesitas tiempo. Tú me guiarás cuando estés preparada.

—Lo siento, no es fácil mostrar lo que siempre he odiado de mí.

—Solo necesitas confiar más en ti y darte cuenta que me tienes loquito por como eres toda entera, con tus complejos y tus virtudes que te aseguro que son más de las que tú quieres ver.

—Eso lo dices por cumplir. Seguro que prefieres el cuerpo de Estela y todo lo que ella te dio.

—¿Por qué dices eso? ¿De verdad vas a sacar ese tema ahora?

—No puedo evitar pensarlo, solo quiero que me lo aclares y jamás te lo volveré a sacar.

—Es muy sencillo. Si es verdad que Estela tiene un cuerpazo, pero para mi gusto algo escuálido, no hay donde tocar. Segundo, es solo estética, por dentro está completamente vacía, es fría y calculadora, no tiene valores, no tiene personalidad, no tiene temas de conversación, y lo más importante es que no me hace sentir tan bien como me haces sentir tú.

—¿Qué es lo que yo te hago sentir?

—Me haces sentir comprendido y escuchado en nuestras largas conversaciones, me haces feliz con tu risa y me preocupas con tus problemas. Me encanta que confíes en mí para resolver tus dudas y que cuentes con mi amistad para ir al cine, las salidas con los amigos, fiestas. Estar a tu lado me hace sentir completo.

—Qué bonito suena todo lo que dices.

—Lo digo porque es la realidad. Eso es lo que tú transmites y me haces sentir. Solo tienes que aceptarte y todo será mejor y sabes que, me encantará estar contigo en tu descubrimiento —y me comió literalmente los labios, exploró su interior con paciencia, sin prisas, saboreando cada rincón escondido, dándome seguridad.

Mañana de confesiones y besos hasta que nuestros estómagos pedían ser atendidos. Llamé a casa para decir que Mario se iba esa tarde y que comería con él. Note la alegría de mi madre, supondría que no era un amigo, que había algo más. Un amigo no recorría tanta distancia para saludar a una amiga que hacía tan solo dos semanas se había ido del pueblo. Eso me alegró, el saber que, a pesar de mis complejos, un muchacho se había fijado en mí.

Estuvimos toda la mañana metidos en la habitación, disfrutando de las vistas tan maravillosas que nos ofrecía la terraza donde nos subieron el almuerzo, de nuestras caricias cuando nos apetecía y de la buena conversación. No hubo sexo, solo complicidad de dos personas que se están conociendo y descubriendo para dar un paso más. Todo lo bueno tiene un final y este llegó más pronto de lo esperado. Esta vez el reloj había jugado en nuestra contra acercándonos a una despedida inminente.

Nos fuimos para la estación, no quería soltarlo, no quería que se fuera, lo estaba empezando a echar de menos y todavía no se había ido. Con la última llamada que sonó por megafonía, Mario tuvo que soltarme. Tras darme un beso tierno lleno de promesas se dirigió al andén, volvió para tirarme un beso con su mano, la mía fue directa al colgante que me había regalado y lo besé haciéndole sonreír y subió al tren.

Era duro ver como se alejaba y mis ojos no pudieron sostener las lágrimas que habían estado aguantando todo el rato de la despedida. Empezaron a correr por mis mejillas y no pararon en todo el camino de vuelta a casa. Estaba tan desolada que la entrada de un mensaje de *whatsapp* me sobresaltó.

Te voy a echar mucho de menos cariño, no te puedes imaginar cuánto.

Las lágrimas salían con más intensidad que antes, ¡madre mía! yo sentía lo mismo. Tuve que parar en un parquecillo porque la gente me miraba extrañada. Me senté en el lugar más escondido que hallé, lejos de las miradas de los transeúntes. Allí ahogué mi pena por la separación y lloré de mis distintas emociones, alegría de sentirme importante para un chico como triste por tener que separarme de él y saber que la distancia jugaría en nuestra contra.

Los días pasaban muy lentos. No tenía con quien hablar y compartir las horas. Los compañeros de clase tenían sus pandillas formadas, círculos cerrados de amistades que no daban opción a entrar en ellos. Mis tardes las pasaba metida en mi habitación hablando con las chicas o con Mario por videollamadas o *whatsapp* mientras hacíamos los deberes.

Pensar en Mario me apenaba, Le echaba mucho de menos, ya no como pareja, que apenas nos habíamos estrenado en la distancia, sino como ese amigo que siempre tenía cerca, tanto en el instituto como fuera de él. Las risas con la pandilla y las discusiones de donde ir o qué hacer, ahora ni eso tenía porque estaba sola. La situación me estaba ahogando. A finales de enero decidí ir al pueblo con la excusa del cumpleaños de María. Todo sería una sorpresa ya que nadie me esperaba, pero necesitaba tener a mis amigas cerca. Sabía dónde y cuándo lo iban a celebrar porque aún estaba metida en los grupos de WhatsApp. Aunque no estuviera en el pueblo me tenían informada de todo lo que pasaba.

Preparé la maleta para el fin de semana y pedí las llaves a mis padres de la casa para quedarme allí a dormir. Al principio se negaron, no les hacía gracia que su hija viajara sola y menos que durmiera sola en una casa tan grande, pero les conté que las chicas y yo teníamos preparada una fiesta de pijama y así poder ponernos al día. Todo fue creíble. Lo tenía bien planeado.

Tomé rumbo al pueblo. Cada kilómetro era una mariposa en el estómago, era un paso más para ver tanto a Mario como a mis amigas a las que tanto había echado de menos. Llegó mi parada y las piernas me temblaban. Me dirigí a casa, no quería que nadie me viera, quería que fuera una sorpresa en toda regla.

Llegaron las nueve de la noche. Sabía que la fiesta comenzaba a las ocho, quise dar tiempo para que estuvieran todos reunidos. Me preparé a conciencia, me puse unos *leggins* negros con unos tacones de vértigo y un blusón rojo que, a pesar de ser llamativo, me estilizaba y resaltaba mis rasgos maquillados en tonos muy suaves.

La fiesta estaba en su apogeo cuando abrí la puerta. Al principio nadie reparó en mí, pero María, la anfitriona, al ver que alguien entraba se dirigió hacia la puerta. En un primer vistazo no me conoció, pero luego fue tal el grito que pego que hizo que todos los allí presentes giraran la cabeza a ver qué pasaba. María estaba emocionada, no podía creer que yo estuviera allí. Corrió hacia mí y me abrazó.

—Pero, ¿se puede saber qué haces tú aquí?

—Pues asistir al cumpleaños de una amiga, aunque tengo que reconocer que no estoy invitada.

—Mentira, tú siempre lo estarás, solo que no contaba con tu asistencia.

—Tampoco preguntaste, lo dabas por hecho y me alegro porque si no, no hubiera sido una sorpresa.

—Te doy toda la razón.

Volvimos a fundirnos en un fuerte abrazo. Así fueron pasando, tanto las chicas como los chicos. Echaba de menos a uno en especial que no veía, pero que buscaría en cuanto me dejaran un poco de espacio. Por fin lo divisé hablando con sus amigos, entre los que se encontraba Raúl. Me separé disimuladamente del grupo y me dirigí hacia ellos, pero una mano me agarró por el codo y me obligó a girarme.

—¿No me piensas saludar?

—¡Perdona, Estela! con tanto barullo no te había visto.

Fue un saludo frío, raro y porque no decirlo, bastante rápido. Ninguna de las dos sabía qué decir. Yo seguía enfadada por el recuerdo del daño causado y al verla me vino la imagen de Mario y ella en la cama el cual sacudí de mi mente, no quería que ese recuerdo me enturbiara mi sorpresa. No pude evitar sentir celos. Por una parte, me alegró que no supiera el as que escondía en mi manga, era como una pequeña venganza.

—Perdóname, Estela, voy a saludar a los chicos, luego nos vemos.

Y me siguió con la mirada al ver a que chicos me dirigía. Pero más se sorprendió cuando vio la sonrisa de Mario al verme y el besazo en toda regla que me dio delante de todos. Tenía la certeza que, hasta el momento, nadie sabía de nuestra historia. Aquello fue una jarra enorme de agua fría para el ego de Estela que en ese momento debía andar por el suelo, de eso estaba segura.

—Princesa, ¿qué haces aquí? Estás guapísima.

—Muchas gracias, cariño. Tú también estás guapísimo, como siempre. Te echaba muchísimo de menos y no pude desaprovechar la ocasión para verte.

Me abrazó fuerte y comenzó a besarme. Por el rabillo del ojo observé que la cara de Raúl era un poema. Imagino que nunca pensó que pudiéramos estar juntos. Cuando nos dimos cuenta de donde estábamos y de que todos miraban, nos separamos un poco y Mario anunció oficialmente que estaba conmigo y que llevábamos un tiempo saliendo y conociéndonos. La cara de felicidad de los dos era obvia, pero había unos ojos puestos en nosotros que no nos deseaban nada bueno.

Brindaron por nosotros, para que todo fuera bien y por la cumpleañera. La fiesta fue divertida entre baile, *karaoke*, risas y conversaciones para todos los gustos. La noche pasó rápido y comenzaron a retirarse algunos amigos entre ellos Mario y yo. Necesitábamos un poco de intimidad para hablar y besarnos sin ser observados. Nos despedimos de todos, que nos desearon lo mejor. Al salir por la puerta volteé para decir adiós con la mano y me encontré con unos ojos llenos de fuego y odio, pero no quise darle mayor importancia, no quería que nadie me amargara la noche ni la felicidad que sentía, y menos Estela.

Nos dirigimos a mi casa y una vez abierta la puerta, Mario me cogió en brazos, y al pasar el umbral me besó con toda la pasión acumulada. Cerró la puerta de una patada y me devoró los labios con desesperación.

—¡Cuánto te he echado de menos!

—Ya somos dos. —Y sus besos recorrieron mi cuello, mi oreja. Tiró de mi pelo hacia atrás para poder morder mi barbilla a su gusto y en un susurro dijo algo que erizó mi piel por completo.

—No sabes cuánto te deseo, Lara. Estar lejos de ti me está matando.

No dije nada, no me atrevía. Todo era desconocido para mí y me daba un poco de vértigo. No el abrirme a él, sino dar el paso y mostrar el motivo de mi máximo complejo. Como si leyera mi mente me dijo:

—No le des más vueltas, Lara, solo déjate llevar. Siente este momento, disfruta de nuestras caricias y cuando veas que no puedes seguir avanzando, házmelo saber y pararé.

Sentí sus manos adentrarse por debajo de mi camiseta, despacio. Me daba tiempo para asimilar sus caricias; primero por la espalda, luego por los brazos. Poco a poco sus manos rodearon mi cintura y fueron subiendo hasta llegar a mis pechos, que acarició por encima de la tela. Bajó una de las copas del sujetador y pellizcó el pezón que rápido se puso duro. Sentí la sensación de cada caricia, de lo que provocaba en mí cada roce, de mis ganas de sentirle, de tocar su piel, de besarle cada rincón de su cuerpo. Me di cuenta de que estábamos en la entrada, de pie, justo enfrente del mueble decorado con un espejo en forma de gota de agua. Era grande y al verme reflejada en él observé la imagen. Vi a dos chicos que se deseaban, que se sentían, que querían descubrirse el uno al otro. En ese momento no me fijé en los kilos, ni en las moyas que sobresalían por los lados. Solo vi el deseo de sus ojos a pesar de la poca luz que entraba de la calle. Me gustó, me sentí deseada. Esa sensación me hizo más fuerte y me hizo querer avanzar, querer mover mis manos que hasta ahora solo había acariciado su pelo. Quería tocarle, sentirle y lo hice. Fui imitando sus caricias, primero su espalda, la que roce con mis uñas. Noté como su piel se erizaba. Luego con las yemas pasé a su abdomen que no recordaba que estuviera tan marcado, aunque nunca llegué a tocar esos músculos, también quería verlos y le fui quitando la camiseta poco a poco. Le miré a los ojos y besé cada rincón de su pecho. Me atreví a morderle su pezón, chuparlo y besarlo. Noté que se separaba un poco, que el brillo de sus ojos había aumentado y muy serio me preguntó:

—¿Confías en mí? —Afirme con la cabeza—. Enrosca tus piernas en mi cintura y dime dónde está tu dormitorio.

—Primera planta, segunda puerta a la derecha. —le dije mientras yo daba un tímido saltito para enrÓscarme en su cintura y posó sus manos en mi culo para que no resbalara. Me agarré con firmeza a su cuello y tomó rumbo a donde le había indicado. Me depositó despacio en la cama y besó mis labios con dulzura. Eso me transmitió tranquilidad, estaba claro que no tenía prisa y me gustó.

—Quiero saborear cada centímetro de tu cuerpo y grabarlo en mi memoria para recordarlo durante los días en los que no podamos estar juntos.

Le besé en respuesta a sus dulces palabras. Primero sus labios, pasando por su cuello hasta llegar al lóbulo de la oreja y morderlo con suavidad. No solo me excitaban sus caricias, las que yo le daba también me hacían sentir. Ver como se estremecía o como se le escapaba un pequeño gemido ante mis besos y mis caricias también era excitante. Ver como yo le provocaba esas sensaciones me gustaba.

Sus manos fueron directas a mis pechos, que masajeó mientras me colmaba de besos en el cuello, pasando por mi oreja y volviendo a mis labios, rozando cada centímetro de mi boca y haciéndome el amor con su lengua. Mirándome a los ojos como pidiendo permiso, me fue quitando el sujetador, donde mis pechos se ofrecieron tímidos. Ya no había tela que los cubriera, que los separara de su boca con la que lamió y besó como si de un manjar se tratara. Cada roce de su lengua era una corriente desconocida para mí, eran mariposas en el estómago, era un grado más de calor para mi cuerpo. De un pecho a otro fue besando, acariciando y chupando hasta poner mis pezones duros y sensibles a su tacto. Fue bajando por mi abdomen hasta llegar a la cinturilla de mi pantalón.

—¿Quieres que pare?

—No. —Mi deseo de sentirlo era más poderoso que mi vergüenza y no quería que acabara lo que me estaba haciendo sentir.

Con sus manos me fue bajando el pantalón hasta sacarlo completamente, dejándome el tanga negro de encaje, nunca pensé que lo estrenaría de esta manera. Note como me miraba y como mis mejillas tomaban un color más vivo. Sentí la necesidad de taparme, pero lo impidió.

—Mírame a los ojos y dime qué ves.

—Veo tus ojos que me miran de una manera diferente.

—Te avergüenzas de decir lo que ves y no quiero que lo hagas. Quiero que tengamos la suficiente confianza para decir en cada momento lo que sentimos. La confianza tiene que ser plena para saber lo que queremos y necesitamos. Vuelvo a repetir, ¿qué ves?

—Veo tus ojos que me miran con deseo.

—Y, ¿por qué te avergüenza? Estás comprobando por ti misma que te deseo entera, desde tu pelo hasta tus pies —dijo mientras tocaba cada parte que iba diciendo—. Que me tienes tan excitado que voy a romper la cremallera. Que tus pechos son toda una delicia y que lo que acabo de descubrir me produce tal sed que solo quiero beber. Siéntete poderosa, Lara, porque lo eres.

No quería pensar, solo quería sentir y lo hice. Me armé de valor y yo misma quité la última parte de tela que quedaba en mi cuerpo exponiéndome ante él. Sus ojos lo decían todo y no necesitamos más palabras. Sus labios besaron mi ombligo, por el cual fue bajando, lamiendo y besando todo el recorrido, por mis ingles donde se entretuvo un poco haciendo círculos que se iban acercando cada vez más a mi monte hasta colarse por su interior. Sentir el calor de su lengua haciéndose camino lo que provocó en mí un gemido que no pude ni quise contener. Era una delicia sentirlo tan caliente entre mi sexo. Nuevas sensaciones invadieron mi cuerpo excitándome a unos niveles jamás experimentados. Su lengua se movía con destreza estimulando mi clítoris y yo me perdí en algún momento sintiendo que mi cuerpo se elevaba y que una explosión de emociones recorría todo mi cuerpo. Creí que pararía, pero no fue así.

Despacio fue metiendo un dedo para ir abriendo el camino por el que nadie había pasado. Su lengua regresó a ese botoncito mágico y su dedo empezó a entrar y salir de mí con delicadeza. Mi corazón volvió a dispararse. Pero esta vez tenía una sensación como de vacío, como si faltara algo. Fue subiendo despacio para besarme y mirándome a los ojos me confirmó:

—No te preocupes, cariño. Iré despacio. Cada sensación que sientas quiero que me la digas, sobre todo si es dolor para parar.

Sacó un preservativo y se lo puso. Con todo el cuidado fue introduciéndose en mí para que me fuera acostumbrando a él. Llegó un momento en que noté como un estirón y un gesto de dolor asomó en mi cara y paró, algo había pasado.

—¿Te ha dolido? No te preocupes, cielo, es el himen que se ha roto.

Besó mis labios dulcemente y comenzó a moverse despacio. Al principio era molesto, pero me fui acostumbrando a él. Se me escapó un gemido entre dolor y puro placer al sentirlo dentro. Era una sensación muy rara y me sentía completamente llena. Abrí los ojos y vi como Mario me observaba. Me ruboricé, no quería que me mirara.

—Aguanta todo lo que puedas y mírame, Lara.

No podía mirarlo, aun no estaba preparada. No insistió más y se lo agradecí. Llevó su mano a mi clítoris que movía al compás de sus movimientos y nuestras respiraciones fueron en aumento. Un gemido escapó de mi boca al notar que mi cuerpo ascendía otra vez y le dije que me iba a correr. Sus acometidas se intensificaron como su respiración.

—Espérame cielo, intenta retenerlo. Quiero que lo hagamos a la vez.

Cerré los ojos e intenté retener el placer que estaba volviendo a sentir. Escucharlo respirar cerca de mi oído me excitaba aún más y me impedía retrasar el momento. Me dejé llevar con un pequeño y tímido gemido que fue acompañado por el suyo. Llegamos juntos al clímax.

Salió de mí y se tumbó a mi lado sin dejar de mirarme, de rozarme con sus manos y besándome de nuevo me preguntó:

—¿Te encuentras bien?

—Un poco dolorida, pero muy bien, cariño.

—¿Has disfrutado? ¿Puedes describirme qué has sentido?

—Ha sido fantástico. Nunca pensé que esta sensación era tan, tan, pues eso, y jamás pensé que podría hacerlo dos veces.

—¿Tienes alguna molestia?

—Siento como un pequeño escozor. Necesito ir al aseo.

—Es normal, nadie había tocado esa parte de ti.

Volvió a besarme dulcemente, pero se alejó y dándome una cachetada en el culete me insto a que fuera primera al cuarto de baño para asearme y volver.

Me miré en el espejo y la imagen que me devolvió no la reconocí. No vi a la niña asustadiza que intentaba esconderse del mundo. Esta vez vi a una muchacha cuya cara transmitía felicidad y hasta un poco de seguridad, que tenía unos ojos brillantes que intuían las sensaciones inolvidables que acababa de vivir esa noche. Analizándome más exhaustivamente algo llamó mi atención: vi un halo de seguridad y confianza que jamás había visto en mí y esa sensación me gusto.

Despertar rodeada por los brazos de Mario y el calor que transmitía su cuerpo era muy reconfortante. Estaba completamente dormido y no pude ni quise desaprovechar ese momento para observarlo sin ser vista. Nunca lo había mirado con el deseo de hoy y todo él me hacía la boca agua. Sus rasgos eran bellos y atractivos, pero su cuerpo era de infarto. Creo que estaba mucho más fuerte que el año pasado cuando nos veíamos en las piscinas o yo no me acordaba esa faceta suya, también podía ser el caso ya que nunca había reparado en él de esa manera. Fui bajando la vista y vi cómo su parte más íntima cobraba vida debajo de la sábana. Hui de esa visión y me encontré con unos ojos que me observaban.

—¡Buenos días, preciosa!

—¡Buenos días, precioso!

—¿Qué tal te has levantado?

—Muy bien. ¿Y tú?

—Con mucha hambre. ¿Te apetece desayunar algo?

—Te refieres a que quieres que volvamos a ...

—No cielo, me refería a desayunar churros, por ejemplo.

—Necesitaría una ducha antes.

—No hay problema, mientras te duchas voy a comprarlos y a la vuelta me ducho yo si no te importa.

—Claro que sí. Estás en tu casa.

—Pues no se hable más. Manos a la obra.

Antes de moverse, tiró de mi brazo y atrapó mis labios que besó con dulzura. Una vez saciados cada uno tomó su camino.

La felicidad flotaba en el ambiente. Queríamos disfrutar nuestras horas juntos. Horas que pasaron volando, lo que acercó la despedida demasiado rápido. Aprovechamos al máximo el tiempo que nos restaba hasta llegar la hora en que nos dimos nuestro último beso acompañado de nuestra promesa *pronto nos veremos*.

CAPÍTULO 7

Llegó el día de los enamorados. Estaba cocinando algo para comer y llamaron a la puerta. Fui a abrir y era el repartidor de *Inter-flora* que me entregó un enorme ramo de rosas rojas con una tarjeta que leí en cuanto el chico se marchó.

> Feliz día, cariño.
>
> Mario

Me pareció un poco soso, me esperaba un «Te echo de menos, te quiero mucho» o algo así, pero solo estaba escrito eso. A los cinco minutos volvieron a llamar otra vez a la puerta. Pensé que era el muchacho que se había olvidado de algo, no sé, otra firma o algo así. Pero cuando abrí no era el mismo muchacho: estaba de espaldas, no lo conocí, pero se dio la vuelta y allí estaba él. Era Mario, ¡Mi Mario estaba aquí!

Solté el ramo como pude, lo abracé con todas mis fuerzas y lo besé. Sabía que mamá no estaba en casa, había ido a comer con papá, así que lo fui arrastrando hacia el interior y cerré la puerta. No le dejé hablar, entre beso y beso lo iba llevando hacia mi dormitorio. Había echado mucho de menos su tacto, sus besos, el olor de su piel, lo deseaba con toda mi alma. Nos fuimos quitando la ropa con urgencia, las manos volaban por nuestros cuerpos exigentes. Al verlo de pie delante de mí, con su pene erecto, lo toqué con mi mano, lo agarré con fuerza, pero eso no me bastó: quería sentirlo, saborearlo y me agache hasta llegar a su altura y lo metí en mi boca chupando con cuidado para no hacerle daño. Su gemido me animó, era señal de que le estaba gustando. Iba aumentando mis movimientos e iba notando como cada vez se ponía más duro. La respiración de Mario aumentaba cada vez más. Intentó retirarme para que parara, pero no lo permití. Yo quería eso, quería que se corriera para mí, quería sentir su sabor, quería ser yo la que lo subiera a las estrellas. Y así lo hice, iba aumentando más y más mis movimientos hasta que gimió fuerte avisándome de que estaba llegando al clímax. Al principio no sabía si retirar mi boca o no, no sabía si me daría asco sentir el semen en mi boca, pero al final decidí llegar hasta el final y tragar su esencia.

Abrió los ojos, me miró con esa sonrisa que me hacía vibrar y me besó con toda la ternura que se puede esperar en ese momento. Mi corazón estaba feliz de tenerlo conmigo. Fue recuperando la respiración, pero en ningún momento dejó de tocarme, besarme y prepararme para unirnos en uno. Esta vez empezó por los pies, mordiendo el dedo gordo con fuerza. Nunca pensé que eso pudiera ser tan erótico. Siguió besando el interior de mis muslos hasta llegar a mi clítoris, que devoró con deseo haciendo que mi respiración acelerara en décimas de segundo. Le paré porque no quería correrme, quería sentirlo dentro.

Jugó un poquito más conmigo hasta que él se recuperó del todo, se puso el preservativo y despacio fue introduciéndose para adaptarme a él. Pero la segunda embestida fue fuerte y exigente. Ese cambio inesperado me sobresaltó, e hizo que subiera de grados mi cuerpo. Mario siguió con las embestidas fuertes y rápidas que me subieron rápido al clímax. No pude evitar un grito de satisfacción que salió por mi boca haciendo que Mario se excitara más y llegara él también. Se echó en mi cuerpo sin salirse de mí y con un beso dulce cerró sus ojos para recobrar el aliento. Mis manos le acariciaban y apretaban masajeando cada centímetro de su cuerpo. Abrió los ojos y me dijo:

—¡Princesa, te echaba de menos!

Nuestras carcajadas resonaron en la habitación.

—¡Se me había olvidado que estábamos en mi casa! Vámonos, Mario, pronto volverán mis padres.

Con una dulce sonrisa me miró y dijo:

—Tenía otros planes para nosotros, pero veo que tú también me echabas de menos.

Reímos los dos. Nos levantamos dándonos besos, pellizcos, empujoncitos juguetones, roces y lametones en nuestros cuerpos antes de ponernos la ropa.

—Te estás convirtiendo en un peligro para mí —dijo con una sonrisa juguetona—. O paras con este juego o te hago mía otra vez.

No me lo podía creer, ¿Yo? Pero si solo le estaba haciendo caricias, ¿Cómo podía afectarle así? El comentario hizo que me ruborizara; nunca pensé que llegaría a excitar con mis caricias, mi mirada o mis besos a un hombre.

Lo besé en los labios y me retiré para poder acabar de vestirnos. Cogí mi bolso, una vez recompuestos, y salimos a comer algo. Quería enseñarle algo nuevo y tomamos rumbo a un mirador que había en lo alto de una montañita donde se podía ver toda la ciudad. Allí había un bar en el que se comía muy bien. La comida la hacían a la antigua usanza, nada de modernidades y la verdad que estaba todo exquisito. Había ido varias veces con mis padres y unos compañeros de trabajo.

Una vez comimos decidimos dar una vuelta para que conociera las calles y cuando me di cuenta me había dirigido hacia el hotel donde comenzó nuestra historia de amor.

—Mi segunda sorpresa —anunció Mario. Con su mano puesta en mi espalda me guió hacia el interior del hotel, y a la misma habitación, la 202. Abrió la puerta, las luces se encendieron y mis ojos vieron el interior. Estaba todo lleno de pétalos de rosa y globos rojos en forma de corazón. Era precioso y sin pensarlo dos veces le cogí la mano y con un estirón fuerte le metí en la habitación, cerré la puerta y lo besé quitándole toda la ropa. Él riéndose por cómo me había puesto en décimas de segundos, me quitó la ropa también, me cogió en brazos, me llevó hasta la pared y me hizo suya con exigencia.

Abrí mis ojos y me di cuenta de que justo enfrente de mí había un espejo en el cual se reflejaban nuestros cuerpos: una escena muy erótica, como la que viví en la entrada de casa nuestra primera vez. Me excitaba y me avergonzaba a partes iguales, pero no quise pensar más porque en el fondo me gustaba. Tenía que ir superando poco a poco esa timidez en la intimidad. Caricias, besos, ternura, pasión, placer y promesas se sucedieron a lo largo de toda la tarde. Metidos en el jacuzzi, relajamos un poco nuestros cuerpos. Habíamos pasado una tarde intensa e inesperada. Saciados el uno del otro, comenzamos a hablar de todo un poco y lo primero que me comentó me sorprendió:

—Lara, eres toda una diosa. Me da miedo en lo que te estoy convirtiendo, toda una amazona del amor que me está volviendo loco. No puedo dejar de pensar en tí y me esta asustando un poco este sentimiento.

—Eres un exagerado, ya me tienes en el bote, no hace falta que me regales la oreja.

—Estás muy equivocada, no soy exagerado ni te estoy regalando nada, solo estoy descubriendo a una amazona dulce y sensual. Te aseguro que no hay tantas en la vida, o al menos yo no las he tenido en mis manos.

Me gustó escuchar esas palabras, me sentí una mujer sexy y poderosa ante él. Era verdad, mi vergüenza estaba desapareciendo. Nunca había imaginado que yo haría estas cosas, pero con él todo era muy fácil, y lo mejor de todo era que le gustaba tal y como era, incluyendo defectos y mi cuerpo. Eso es lo que me hizo perder la vergüenza, él nunca dijo aquí tienes más chichas, aquí tienes menos, me trataba como según él me veía, *su princesa*.

La partida fue dolorosa, pero prometimos que habría más, y como siempre fue una despedida tierna y llena de promesas.

CAPÍTULO 8

SEMANA SANTA

El tiempo fue pasando, los exámenes llegaron y no podíamos vernos. Pero nuestras conversaciones por teléfono eran continuas, hablábamos todos los días y cada media hora, si no era uno era el otro, el que mandaba algún icono con un beso o una rosa o una frase que nos dijera lo que nos echábamos de menos.

Esa mañana tenía que juntarme con dos chicas de clase para hacer un trabajo. Comenzamos con un poco de timidez al apenas conocernos, pero poco a poco nuestras conversaciones fueron fluyendo y esas quedadas para trabajos de clase se fueron convirtiendo en salidas de amigas, formando una bonita amistad entre nosotras. El jueves teníamos el último examen. Estaba tan agobiada y tan triste por estar tan lejos de Mario que en cuanto acabé el examen avisé a mis padres de que me iba al pueblo porque ya no podía más, necesitaba desconectar y ver a Mario, le echaba de menos. Estas escapadas de sorpresa cada vez me gustaban más. Llegué al pueblo, fui a casa a soltar la maleta y mandé un WhatsApp a María:

—¿Cómo está la amiga más bonita del mundo?

—Pues como tú más o menos, ¿no? En la mismísima gloria después de haber acabado los dichosos exámenes.

—¿Cómo crees que te han salido? ¿Esperas buenos resultados?

—Espero aprobarlas todas que ya es mucho, con eso me conformo. Si es con buena nota, pues mejor que mejor.

—Conociéndote, la buena nota es segura y, ¿dónde estás que oigo mucho ruido?

—Estamos en el Puntazo.

—¡Uh! Eso me huele a *fiestuqui*. Que buenos recuerdos me trae ese local. Disfruta y luego cuando estés más tranquila hablamos. Un beso.

—Un beso, Lara. Que sepas que te echamos de menos. Cuídate mucho.

Ya sabía dónde estaban y me dirigí hasta allí. Al entrar la oscuridad me cegó un poco hasta que los ojos se me acostumbraron a la oscuridad y pude divisar al grupo. Mario estaba de espaldas a mí acompañado de los chicos y, como no, Estela. Me armé de valor para reclamar mi sitio y alejarla de Mario, pero se adelantó. La muy fresca comenzó a tocarle la espalda con mimo, se acercó a él mimosa y le besó. Mis pasos se detuvieron en seco. Mi sangre hervía en mi interior y la rabia me cegaba. Sabía que ella era capaz de todo, pero que Mario se dejara, eso ya era otra cosa. No me podía creer lo que estaba viendo, otra vez me lo estaba haciendo, pero esta vez era más doloroso porque ahora Mario sí era mi novio y lo estaba viendo con mis propios ojos. Pero mi sorpresa fue mayor cuando Mario también la agarró y le devolvió el beso. Eso ya me dejó en estado de *shock total*. Ella fue más astuta y cuando se separó de él me llamó a voces para que todos se dieran cuenta de que estaba allí. El asombro fue grupal, todos habían visto el numerito de los dos, aunque uno en especial estaba más blanco de lo normal. Salí corriendo del local. No quería verlos, no quería saber nada de ellos y no quería excusas baratas. Mario salió en mi busca y cuando me alcanzó, me volví y le di una bofetada.

—No me sigas, no me toques, déjame en paz. No quiero saber nada de tí. Te lo he entregado todo, mis sentimientos, mi corazón y lo mejor de mí y tú estás jugando a dos bandos. Eres como todos. Con todo el dolor de mi corazón, esto se ha acabado. Es la segunda vez que te besas con ella y esta última sí me importa porque ahora sí somos pareja. A saber cuántas más han pasado sin que me entere. No quiero volver a saber nada más de ti, olvida que existo y quédate con ella de una vez por todas. Es lo que siempre has querido.

—Lara, por Dios, deja que me explique, yo...

—No quiero oírte, no quiero más mentiras.

Y salí corriendo todo lo rápido que pude. Me dirigí a mi casa para volver a coger la maleta que había soltado hacía tan solo media hora y tomé rumbo a la estación de autobuses. Sabía que, si me quedaba allí, Mario insistiría y no me dejaría en paz. Necesitaba pensar y poner tierra de por medio. Nunca me había alegrado tanto de vivir lejos de ellos.

Tras bajarme del autobús opté por ir andando hasta casa, no eran horas para pasear, pero necesitaba más que nunca el aire fresco en la cara, a ver si así me ayudaba a ver las cosas más fríamente sin que doliera tanto. Tan concentrada iba que no pensé ni mire la calle por la que mis pasos me habían guiado. El grito de auxilio de una mujer llamó mi atención. Sin pensarlo salí disparada para ver qué era lo que pasaba. Había una chica rodeada por tres chicos. Uno de ellos la tenía agarrada por detrás para que no pudiera moverse, otro tenía lo que supuse que era su bolso y estaba ojeando el interior y el otro, cuchillo en una mano para imponer, le tocaba los labios a la chica. Cuando vi el camino que llevaba la mano hacia abajo sabía en que podría acabar aquella escena y alcé la voz:

—Dejad a la chica en paz.

Los tres miraron en mi dirección y, supongo que al ver que solo era otra chica más y que no tenía más compañía, rieron.

—Querrá unirse también a la fiesta —se burló el del cuchillo.

Lo dijo de una manera que aparte de asco, me erizó toda la piel y vi cómo se acercaba a mí dejando a la chica atrás. Mi mente iba a mil por hora intentando ver cómo salir de esa situación. Pensé en lo que llevaba en mi macuto por si me podía servir algo, pero lo único que tenía era ropa que junto con los zapatos pesaba lo suyo. Al final fue lo que usé cuando estaba ya a mi alcance y me apuntaba con el cuchillo. Sabía que a fuerza me ganaba y que algo inesperado lo descolocaría. Mi padre siempre me había explicado algunas cosillas que debía de tener en cuenta a la hora de defenderme. Di una vuelta tomando impulso para coger toda la fuerza y velocidad posible para que el peso de la bolsa impactara con fuerza en la mano que tenía el cuchillo. Eso hizo que lo soltara y lo dejara caer al suelo, muy cerca de mí. Le di una patada para alejarlo de ambos. Su sonrisa prepotente y sus ojos inyectados en sangre me paralizaron. Sus manos me agarraron del pelo y me arrastró hacia los demás. La otra chica seguía resistiéndose con patadas, bocados y todo lo que podía. Nuestras voces e incluso la de ellos llamaron la atención de las pocas personas que andaban cerca de aquel rincón oscuro, aunque apenas se acercó nadie. Solo una pareja y un chico tuvieron la suficiente valentía para enfrentarse a nuestros asaltantes.

La chica se quedó alejada de nosotros, cogió el móvil que supuse que sería para llamar a la policía. El despiste de mi agresor mientras los observaba acercarse me valió para morder su mano y darle una patada con las fuerzas que me quedaban, llegando a reducirlo un poco que con la ayuda de los chicos que llegaron rápido a mí, lograron hacerse con él. Uno de ellos se quitó el cinturón para atarle las manos y el otro me ayudó a levantarme cuando recibió el puñetazo de uno de los agresores que estaba con la otra chica. Volví a agacharme para acabar de atar las manos y que el chico fuera a ayudar al otro. Estaba aterrada de pensar que se podía soltar del agarre que le habíamos hecho. Miré hacia la otra chica para ver cómo estaba. Seguía intentando soltarse de las manazas de su agresor. Las sirenas de la policía se escuchaban a lo lejos y eso hizo que los asaltantes se pusieran nerviosos. El agresor fue reducido por los dos chicos y el asaltante que estaba con la muchacha huyó. La chica se acercó a nosotras y sin apenas conocernos de nada nos dio un abrazo.

La muchacha solo lloraba y temblaba. Lo único que alcanzo a decir fue:

—Gracias.

Llegaron dos coches patrulla con dos agentes en cada uno y un furgón de donde salieron tres agentes más. Cogieron a los dos maleantes que tenían los chicos reducidos y los metieron en el furgón y se los llevaron. Los chicos vinieron a nuestra búsqueda: el novio buscó a su chica y se abrazaron. Los agentes nos preguntaron por lo ocurrido y nos invitaron a acompañarlos para prestar declaración justo en el momento que la chica se desplomaba a nuestro lado. Todos intentamos cogerla para que no llegara a hacerse daño al caer al suelo. Una agente de la que ni siquiera había visto dijo:

—Viene de camino una ambulancia con una psicóloga y un médico para tratar a la chica. ¿Los demás estáis bien o necesitáis curar alguna herida? ¿Quién de vosotros ha sido el primero en llegar al lugar?

—He sido yo —contesté segura.

—Estamos bien, solo algún hematoma que con Trombocid y tiempo, sanará, no os preocupéis.

—Perfecto. Pues si sois tan amables de acompañarnos. —Dirigiéndose a mi dijo—: Mientras vamos a comisaría puedes contarme qué ha pasado. —Daba por hecho que yo iría con ella y señalando al chico le dijo—: Tú vente con nosotras y vosotros id con mi compañero.

Así nos separamos. Por el camino le fui relatando como había sucedido todo.

Tras casi dos horas de papeleo y declaraciones nos dejaron salir. Una vez en la puerta, el chico se despidió de nosotros y se marchó, pero la chica me dijo:

—¿Te vas a casa?

—Si os digo la verdad, me gustaría ir al hospital para ver cómo está la chica.

—¿Podemos acompañarte? —se ofreció la chica y miró de soslayo a su pareja—. Sí, por supuesto, yo al igual que vosotros no la conozco, pero no sabemos si está sola en la ciudad o tiene a alguien y no me gustaría que me dejaran sola en estos momentos.

—¿Sabes dónde la llevaron?

—Sí, me lo dijo la agente.

—Pues vamos —dijo mientras llamaba a un taxi.

Hablamos con la chica de admisión que tras explicarle los motivos entendió porque nos interesábamos por la chica. Por los derechos de privacidad solo nos pudo informar de que la habían ingresado por protocolo, para observar ese mareo prolongado que padeció y hacerle algunas pruebas.

—¿Nos puede decir si hay alguien con ella?

—Tiene un acompañante. Perdonarme, pero solo os puedo dar esa información.

—Gracias por la información, por lo menos sabemos que la chica está bien y acompañada.

Salimos de allí un poco más tranquilos.

—Muchas gracias por acompañarme y por toda vuestra ayuda, son pocas las personas que deciden ayudar en estos casos: es de admirar vuestra valentía —les dije a los chicos a modo de despedida.

—La tuya también. Tu fuiste la primera en acercarse a pesar de estar en mucha desventaja.

—Ni siquiera lo pensé, solo quería ayudar a la chica. Mi nombre es Lara. No es la mejor manera, pero, encantada de conoceros.

—Igualmente, Lara. Yo soy Lola y mi chico es Lucas. Encantados de conocer a una chica con coraje y valentía.

—Íbamos a tomarnos una copa, ¿te apetece venir con nosotros? —dijo Lucas.

—Pues la verdad es que me vendría bien, tendremos que digerir lo ocurrido con algo fresquito. Gracias.

Era una pareja muy agradable, más o menos de mi edad, y al decir que yo era nueva en la ciudad se brindaron para quedar otro día y enseñarme los monumentos emblemáticos de la ciudad, los establecimientos más demandados para poder hacer compras económicas, los bares donde se comía de maravilla y los pubs más movidos. Acepté encantada, era un buen comienzo después de todo, había ayudado a una muchacha y había conocido a una pareja muy agradable que me brindaron su amistad. Al llegar a casa tuve que explicar el porqué de mi temprana vuelta a casa y el panorama que me encontré a mi llegada. Los ojos de mi madre eran un mínimo reflejo del miedo que los míos reflejaban mientras contaba lo ocurrido. A la mañana siguiente sentí la necesidad de ir al hospital a ver a la chica. No sabía cómo se llamaba, ni como dar con ella, aun sabiendo lo que suponía recurrí a mi padre para que preguntara en comisaría, lo hice y aceptó. Solo necesitaba saber si la chica aún seguía ingresada y en qué planta estaba de ser así. Al entrar al hospital fui directa a la habitación, no quería encontrarme con alguien por el camino y que me volviera para atrás negándome la entrada. Era consciente de que estaba invadiendo la privacidad de esa chica, pero de verdad me preocupaba saber cómo estaba. Al entrar la chica me miró bastante extrañada.

—Perdona por presentarme aquí, soy Lara, la muchacha que intentó ayudarte ayer. Solo quería saber cómo te encontrabas, pero si molesto solo tienes que decírmelo y me marcharé.

—¡No por favor, no te vayas! Yo quería agradecértelo en persona. Dos agentes vinieron esta mañana para tomarme declaración de los hechos y así poner la denuncia y ya me informó que habías sido tú la que me ayudó, bueno, un chico más y otra pareja a la cual también me gustaría agradecer. —Su mirada se tornó algo triste—. Hoy en día cuando esto pasa la gente se larga y no ayuda. Me llamo Desiré y no sé cómo agradecerte...

Se echó a llorar, había sido un golpe duro para ella. Me acerqué para consolarla y una voz masculina me sobresaltó.

—¡No te acerques a ella! ¿Quién eres y qué haces aquí?

Me giré hacia esa voz arrogante para contestar con toda la educación que me enseñaron. Alcé la mirada, era bastante alto y, cuando mis ojos llegaron a los suyos que me miraban con furia e interrogantes, me silenciaron de inmediato, no podía hablar, esos ojos me cerraron la boca al momento y no sabía por qué. Me giré para mirar a la chica, y ella habló por mí:

—No te preocupes, Óscar, es la chica que me salvó anoche. Ha pasado para ver cómo estoy y le agradezco su visita.

—¡Ah! Perdona, pero después de lo sucedido comprenderás que estoy un poco a la defensiva.

—Tranquilo, lo entiendo, soy Lara. —No dio opción a ninguna presentación ni un gracias por ayudarla ni nada. Volvió sobre sus pasos y salió de la habitación.

—Lara, perdónalo. Óscar es mi hermano mayor, él siempre ha cuidado de mí. Mis padres murieron en un accidente de coche y es muy protector. Perdona, pero esto lo ha sobrepasado y tiene que reponerse, no puede estar las veinticuatro horas protegiéndome de todas las cosas.

—Perdona tú, no quería incomodarte, solo quería saber cómo estabas.

—Créeme que me ha encantado tu visita.

Hablamos durante un buen rato, nos contamos más o menos las cosas básicas de nuestras vidas. Me dijo que era un año mayor que yo, que íbamos al mismo instituto, y me enseñó que, a pesar de las cosas malas que te pasen, siempre hay que mirar para adelante y ver que también hay cosas buenas. Era una chica muy optimista, la vida le había hecho pasar muchos malos y duros momentos, pero siempre estaba con su sonrisa y eso me animó un poco. Yo por dentro estaba fatal, no podía dejar de pensar en Mario y Estela. Pero el pensar lo que le había pasado a esta muchacha y verle con la sonrisa en la cara me hizo ver, como dice el refrán, *lo que no te mata te hace más fuerte*. Yo no sé de dónde sacaba fuerza, pero si ella lo hacía, yo también podría hacerlo.

Al salir vi que su hermano estaba justo enfrente de la puerta, de pie, como si estuviera esperando a que me fuera para entrar él. No entendía muy bien su mirada, me intimidaba mucho, pero a la vez me acusaba. Era como si me culpara a mí de lo que le había pasado a su hermana. Le dije adiós y bajé la mirada apresurando el paso. Al salir a la calle sentí alivio, no puedo explicarme el porqué.

Me dirigí a casa para almorzar con mis padres y caí en la cuenta de que el móvil lo tenía apagado. Con los acontecimientos ocurridos se me había olvidado cargarlo. Cuando lo encendí empezó a sonar con mensajes de llamadas perdidas de mis amigas y también de Mario. Borré toda la información, hablé con María para ponernos al día. Le dije que por favor no me contara nada de ellos, que no quería saber nada. A pesar de mi advertencia me dijo que Mario estaba muy mal y que le dejara que se explicara, que había sido un malentendido, pero la corté:

—¡María, no quiero saber nada! Entiéndelo, estoy muy dolida y quiero olvidar.

—Lo sé, Lara, pero quiero que sepas que te estás equivocando. Aun así, respeto tu decisión. Solo quiero que no me olvides, que yo estoy aquí para lo que quieras. No vayas a meternos a todos en el saco del olvido, todos no somos iguales. Como amiga mi consejo es que escuches a Mario. Las cosas no son como tú crees. Escúchalo, de verdad.

—Vi lo que vi, lo siento, pero ahora mismo no voy a cambiar de idea. Y tranquila, María, yo también te quiero.

CAPÍTULO 9

Después de ese día todo cambió para mí. Mi intención era borrar lo pasado con Mario y Estela y organizar mi vida. Bloqueé los números de teléfono de los dos, no quería estar todo el día rechazando las llamadas y mensajes de Mario. De Estela no quería volver a saber nada.

Para quemar algo de adrenalina y sentirme mejor me obligué a andar todas las mañanas, antes de las clases, y por las tardes me apunté a clases de defensa personal. Quería aprender a defenderme, me vendría bien para el futuro.

En el instituto me veía todos los días con Desiré, que cada día me contagiaba más con su alegría. Yo le presenté a mis compañeras de clase que después de hacer aquel trabajo también nos habíamos unido más. Los viernes empezamos a quedar para salir y llamábamos a Lucas y Lola, la pareja que me ayudó con lo de Desiré y al final hicimos una pandilla divertida. Lo pasábamos bien, íbamos a cenar algo en alguna pizzería, luego a bailar y mover el esqueleto y cuando ya nos dolían los pies nos pasábamos a un pub para charlar más tranquilos y descansar para volver a casa. Poco a poco me fui haciendo a esa vida y a esa rutina y me sentía mejor, más animada. Desiré, tras lo ocurrido, decía que había encontrado una amiga que según ella le debía la vida, y sin darnos cuenta nos hicimos inseparables. Estaba muy feliz con esta bonita amistad, pero con el tiempo me fui encariñando tanto de ella que tenía miedo de entregarle mi corazón para que luego me pasara lo mismo que con Estela. Al darme cuenta de eso empecé a poner algo de distancia y Desi lo notó.

Un día que quedamos a estudiar en su casa (ella al ser un año mayor nos explicaba a las chicas y a mí lo que no entendíamos), cuando las chicas se fueron, me preguntó:

—¿Qué te pasa, Lara? Te noto rara conmigo. ¿He hecho algo que te haya molestado?

Al mirarle a los ojos no pude negarme a explicarle lo ocurrido con Estela y mis dudas de que volviera a pasar. Ella me tranquilizó y me explicó que nadie es igual a nadie.

—Mira, no puedo predecir lo que va a suceder, ni lo que en un futuro pueda pasar o no, pero a mí no me compares con nadie. Yo soy Desi, tu amiga, y lo que me has contado sobre Estela me hace dudar de que ella lo fuera. Siento estas palabras, pero como siempre te voy a decir la verdad.

—Sabes qué es lo que quiero, odio las mentiras o las verdades a medias.

—Lo sé, te lo voy a resumir. Creo que ella te ha estado utilizando siempre a su antojo y cuando te ha necesitado para algo. Es una aprovechada, una chica fría, egoísta y bastante creída. Nunca ha pensado en cómo te podías sentir tú. Hay personas para todo, pero tú misma irás valorando mi comportamiento contigo y así me podrás juzgar. No te guíes por lo que otros han hecho anteriormente.

Mis ojos se llenaron de lágrimas, pero logré contenerlas. Como siempre, me demostraba su saber estar y me dio una lección. Ahí me di cuenta de que Estela nunca había sido la amiga que decía ser, y empecé a comparar los comportamientos de ella con Desiré y me di cuenta de que ésta era buena conmigo y pensaba en mí, en cómo me sentía o como ahora, que había observado que algo no andaba bien y lo quería aclarar.

Se me hizo tarde y decidí irme a casa, pero ella me pidió que me quedara, que quería contarme algo. Era noche de confesiones.

—Tengo miedo a quedarme sola. Son pequeños traumas del pasado. No siempre soy tan fuerte como aparento ser.

No lo dudé. Llame a casa.

—Mamá, estoy en casa de Desiré. No se encuentra muy bien y está sola. Su hermano está trabajando y me voy a quedar con ella para acompañarla.

—No te preocupes, cuida de ella.

Desperté sobresaltada por un fuerte ruido en la cocina. Sin pensarlo salí corriendo hacia el lugar de donde procedía. Al llegar vi que era Óscar. Estaba agachado cogiendo un plato que había resbalado y al caer al suelo se había hecho mil pedazos. Sin pensarlo me agaché para ayudar, pero él giró la cara y mirándome con ojos enfadados hizo que me detuviera al instante. Seguía sin entender por qué me miraba así. Se levantó serio con los pedazos en la mano, yo me elevé a la misma vez, observé como me hacía un escáner de arriba abajo y solo dijo:

—Ponte unos zapatos si no te quieres cortar y algo de ropa, por favor.

Mis mejillas tomaron el color del tomate y regresé a la habitación avergonzada al darme cuenta de la poca ropa que llevaba y enfadada como si tuviera la culpa de algo. No sé por qué me hacía sentir así con solo mirarme. Lo que quedaba de noche la pasé dando vueltas en la cama sin pegar ojo.

Sonó el despertador, pero vi que Desi ya no estaba en su cama. Una vez arreglada, vestida y con la mochila al hombro me dirigí a la cocina para desayunar. Escuché la dulce risa de Desiré y otra más, pero no la reconocí, aunque por las horas que eran solo podía ser él. Me escondí un poco para que no me vieran y pude ver la confianza que tenían el uno con el otro. Me hacía recordar a los momentos que vivía con mi hermano, ¡como los echaba de menos! Observé a Óscar, tan alto, tan moreno, atractivo, mucho, demasiado. Se notaba que se cuidaba, podía apreciar su cuerpo musculoso debajo de la ropa que con cada movimiento se le ajustaba a la piel. Una piel que se veía sedosa sin un vello que molestara al tacto. Mis pensamientos volaban a la par que lo observaba. Llegué a sus ojos, esta vez risueños y alegres mientras le contaba a su hermana algo que ni siquiera presté atención. Me hipnotizaron, hasta que se percató de mi presencia y pude ver a cámara lenta como pasaron de unos ojos alegres y tranquilos a unos intimidantes, serios y muy oscuros. Noté como su cuerpo marcaba distancia y se ponía tenso. Desi sonrió mirando a su hermano mientras me decía;

—Buenos días, Lara, ¿Qué quieres desayunar? —volvió la mirada a su hermano diciéndole algo que no pude interpretar.

—Una tostada y un vaso de leche estará bien. Gracias.

Intenté hacer como que no estaba. Su mirada me ponía nerviosa y de mala leche. Desayuné como pude porque no me entraba bocado. Como el hombre protector que era, se ofreció a llevarnos al instituto sin darnos tiempo a una negativa ni a nada.

Al bajar del coche solté el aire con fuerza, ella me miró y comenzó a reír. —No muerde —me dijo finalmente.

Y siguió riendo al ver mi cara de confusión. Me reí yo también sin saber qué decir. No entendía qué era lo que pasaba.

Llegó el verano. Las notas finales habían salido bien y el instituto hizo una fiesta para nosotros. Esa tarde, antes de la fiesta, nos juntamos en mi casa para ayudarnos las unas a las otras con el peinado y el maquillaje, teníamos que estar perfectas. Salimos de allí con intención de pasarlo todo lo bien posible. Yo no me daba cuenta de que poco a poco mi cuerpo se iba moldeando y había perdido una talla; había pasado de la cuarenta y ocho a la cuarenta y seis. Eso me hizo sentir más segura de mí misma.

Llegamos a la fiesta en la que bailamos, cantamos en el *karaoke* y disfrutamos de la noche entre amigos. Hasta unos chicos se nos acercaron intentando ligar, se unieron a nuestros bailes y cuando ponían lentas, como en las películas, nos pedían la mano para bailar pegados con una reverencia de lo más cómica. Todo iba muy bien hasta que el chico que estaba con Desi intentó besarla. Ella se negó y él volvió a insistir. Los recuerdos debieron venirle a la mente, porque de pronto me miró muy asustada. Fui hacia ellos bailando como si no pasara nada, había sido algo entre nosotras. Me dirigí al muchacho disculpándome y me llevé a Desiré a la terraza. Como pude, la calmé y la abracé. Estaba temblando y comenzó a llorar: nunca la había visto así. Se había desmoronado en décimas de segundos y ella siempre me había demostrado su fuerza, pero nunca me había dejado ver sus debilidades. Entonces me contó todos sus miedos. No había sido la primera vez que intentaban forzarla y el beso obligado de aquel chico la asustó. Otras de las cosas que me contó fue que después del accidente de sus padres le tenía mucho respeto al coche y a viajar. Intentaba hacerlo a pie siempre que podía. Al miedo de quedarse sola se sumaba también el fatídico episodio en el que nos habíamos conocido.

—Cuando flaquees aquí me tendrás para abrazarte con fuerza. —Necesitaba que ella sintiera mi apoyo, que yo, al igual que ella, también estaba a su lado. Para lo bueno y para lo malo.

Las dos lloramos y las dos reímos. Nos recompusimos y volvimos al baile. El chico le pidió perdón a Desi, se sintió culpable. Todo quedó aclarado.

Cuando los pies ya no nos daban para más, decidimos cambiar a un local más calmado y poder hablar un poco antes de volver a casa. Terminada la noche pusimos rumbo a nuestros hogares. Al doblar la segunda esquina me percaté de que un coche nos seguía. Comencé a ponerme nerviosa, no quise decirle nada a Desi, estaba tan contenta. El coche no siguió unos metros más hasta que pitó. Nos dimos la vuelta y mi amiga gritó:

—Es mi hermano.

Yo me puse tensa; había pasado una buena noche y no me apetecía darle el broche de oro cabreada, como si tuviera la culpa de algo. Eso era lo que me hacía sentir su hermano. Me despedí de Desi y me dirigí a casa. Estaba cerca así que decidí ir andando. Ellos insistieron en que subiera al coche, pero me negué y él, furioso, aceleró y salieron disparados. De verdad que no entendía porque estaba siempre con esas malas pulgas conmigo.

Mi relación con Desi era magnífica, no había día que no hiciéramos algo juntas. Quedábamos para ir a la piscina, a tomarnos algún refresco, comprar o ir a la playa. Ese era el sitio que más nos gustaba. En esas fechas se llenaban de *guiris* y había mucha movida. Como cualquier jovencita nos gustaba la novedad y darle al ojo.

Un día estábamos tomando el sol cuando vimos un grupo de chicos que venían andando por la orilla. A lo lejos no reconocí a nadie, pero se iban acercando y cuando lo divisé me puse pálida. Era Mario, ¿Que hacía allí? ¿Por qué había venido? Que bien me hubiese venido eso de *tierra trágame*, pero nada, oye, que no me tragó y cada vez estaban más cerca. Opté por esconderme detrás de mis Ray Ban, regalo de mis padres, y una gorra, pero no tuve suerte.

Se detuvieron delante de nosotras. Mis amigas pensaban que habían ligado, que ingenuas, yo en cambio no daba pie con bola, ni el habla me salía, vaya. Me saludaron con mucha alegría y las chicas me miraron preguntándome con los ojos que de que conocía a tanto tío bueno. Empecé a saludarlos uno a uno, pero al llegar a Mario, me lo salté. Desiré no tardó en darse cuenta que algo pasaba con ese chico. Para mi incomodidad se sentaron con nosotras. Charlaron y rieron con mis amigas como si no pasara nada. Mario no paraba de mirarme y no encontraba el momento de acercarse, entre otras cosas porque no daba pie a que pudiera hacerlo fingiendo que no existía y marcando distancia en todo momento.

—Lara, ¿me acompañas a por unos refrescos? —dijo de repente—. Yo no puedo con todo, además quiero hablar contigo.

Las chicas, inocentes, me achucharon hacia él, solo me quedó la opción de ir, porque no hacerlo sería para liar allí un escándalo delante de todos, lo que no me apetecía nada, la verdad.

Me levanté de la arena y rechacé su mano cuando me la ofreció. Yo sabía que Desiré estaba alerta, algo intuía fijo. Mario insistió y al final me agarró de la mano para dirigirme hacia un parquecito para niños que había en la arena. No quería su contacto porque erizaba todo mi cuerpo. A pesar de todo aún le quería, estaba todo muy reciente.

—¡Lara, me voy a volver loco! No me coges el teléfono, te fuiste sin darme la oportunidad de explicar lo que realmente pasó. Estos tres meses han sido un infierno para mí.

—Creo que lo que vi tiene poca explicación, Mario. Vi como os besabais, como la acercabas a ti, como te tocaba. ¿Te puedes imaginar cómo me sentí? ¿Sabes la ilusión con la que lo preparé todo para sorprenderte? ¡Que ilusa fui! La sorpresa me la llevé yo. —No quería discutir, hablé con el corazón en la mano, dolido, desilusionado, traicionado, partido.

—Claro que hay una explicación, las cosas no pasaron así, Lara. Eso fue lo que Estela tramo en décimas de segundos para que tu pensaras lo que me acabas de contar y una vez más me demuestra que se salió con la suya. Fue Estela la que me besó, yo solo le cogí los brazos para separarla, pero ella fue muy astuta llamándote para darte a entender todo lo contrario —confesó—. Ella te había visto desde el momento en que entraste. Desde que sabe que estamos juntos me está haciendo la vida imposible: está más pegajosa que nunca, a veces no quiero salir para no tener que verla o simplemente no tener que estar cortante y borde. Sabes que no soy así, pero es que saca lo peor de mí. Le he explicado mil veces que no quiero nada con ella, pero no se entera e insiste una y otra vez.

—Te has convertido en su obsesión.

—Se podría decir que sí. Te echo mucho de menos, Lara. Quiero que estés en mi vida. Sé, que necesitas tiempo para comprender que digo la verdad y te lo voy a dar. Solo quería que supieras lo que realmente sucedió, que escucharas mi versión, la verdadera. Ahora está en tus manos creerme a mí o darle la medalla a ella.

—Ya he escuchado tu explicación y conociendo a Estela, es bastante creíble. Es la segunda vez que sucede y esta vez sí estabas conmigo. No quiero una tercera.

—Esta vez no la habrá. Otra de las cosas que quería decirte es que me voy a Alemania con una beca Erasmus y voy a estar lejos una temporada. Cuando venga te buscaré y si todavía sientes que puedes confiar en mí, que podemos retomar nuestra relación, lo haremos, si en cambio crees que no, pues tomaremos caminos diferentes. Creo que es lo mejor para no seguir haciéndonos daño.

—Ya he escuchado lo que me tenías que decir. En este tiempo lo analizaré todo, ahora mismo no podría darte una respuesta ni tampoco esperanzas de nada. Estoy hecha un lío y dolida. Lo siento, espero que lo entiendas, y también me apena que te tengas que ir tan lejos.

—En este momento es lo mejor para mí, lo estoy deseando, la vida en el pueblo no es lo mismo sin ti. Con Estela revoloteando alrededor no me apetece estar. Me he convertido en su juguete favorito por mis negativas, es lo mejor que me podía pasar, así las aguas se calmarán. Solo quería decirte en persona que te echo de menos y que te quiero, quería que lo supieras antes de irme.

—Mario no me digas eso, nunca me lo has dicho. ¿Por qué ahora?

—Porque es lo que siento, Lara. Este tiempo alejado de ti me ha hecho ver que te necesito y te quiero a mi lado.

Y se acercó a mí despacio mientras me miraba a los ojos. Rozó mis labios con los suyos y por alguna razón no los sentí igual. La rabia de saber que Estela había sido la última en besarlo me hizo separarme.

—Mario, este es el beso del adiós.

Y me fui de vuelta con las chicas. Él se dirigió al puesto para comprar algo y aprovechando que no estaba me despedí de los chicos. Las chicas no entendían nada, tendría que dar una explicación, nos contábamos todo, pero mi pasado lo había dejado al margen, tampoco quería darle tanto bombo y platillo, lo pasado, pasado está, pero les debía una explicación por mi comportamiento. En fin, todo a su debido momento.

Cuando volvió Mario no preguntó, imaginó lo que había pasado. Siguió con todos hasta que decidieron volver a casa. Yo, en cambio, tras comprobar que mi madre había salido, me encerré en mi habitación y lloré hasta agotar mis lágrimas. A la hora más o menos llamaron a la puerta. No quería abrir por si era él, solía presentarse en mi casa por sorpresa, pero escuché la voz de Desi y salí corriendo para abrirle. Me abracé a ella y lloré sin lágrimas, ya no me quedaban. Al cabo de un ratito abrí los ojos y vi que detrás de ella estaba la única persona que nunca creí encontrar, Óscar. Estaba segura de que la había acercado por la hora que era, se había hecho de noche.

—Perdona, no sabía que estabas ahí.

—Sus ojos eran muy intensos, pero ya no transmitían tanta rabia hacia mí, o eso creí ver. ¿Sería por verme sufrir? Le noté algo nervioso y acercándose a mí solo me dijo:

—Perdona por la intromisión, pero no podía dejar que viniera sola a estas horas, espero que no te importe.

—Claro que no. Pasad y sentaos.

Una vez en el salón y antes de sentarse me miró, se puso delante de mí y me dijo:

—Soy Óscar, el hermano de Desi. Te debo la vida de mi hermana y una disculpa por mi comportamiento. Sé que he sido un poco áspero, cuando se trata de mi hermana me pongo a la defensiva, no puedo evitarlo. Espero que me des una oportunidad para empezar de nuevo contigo.

Se acercó para darme la mano, pero cuando se rozaron sentí una corriente, como un pequeño calambre que hizo que retirara la mano rápido. Casi no le di tiempo a estrecharla, no entendía qué había pasado. Él bajó la mirada como avergonzado o rechazado, a saber lo que pensó y dijo:

—Desi me contó que sabes lo de sus miedos y que tenéis bastante confianza la una con la otra. Me ha comentado que te ha pasado algo y que necesitaba estar contigo, ¿Te importa si esta noche se queda aquí? Mañana por la mañana paso a recogerla.

Yo, un poco avergonzada por su mirada y por lo ocurrido, dije:

—Por supuesto que se puede quedar aquí, no te preocupes. De hecho, no hace falta que vengas a por ella, que mañana tendremos un día de chicas.

Él rio, sabía lo que eso significaba, día de compras y de criticar a los chicos por los malos ratos pasados. Asintió y besó a su hermana. Se despidió de ella después de decirle que si le necesitaba para algo no dudara en llamarlo. Cuando se dio la vuelta le miré, de cara me era imposible, me intimidaba mucho. Eran casi diez años los que me llevaba y me hacía sentir respeto y algo más que no sabía cómo explicar.

Tenía unas espaldas anchas y bien formadas, moreno de pelo y de piel. No me pasó desapercibido su culito estrecho y prieto, de los que a mí me gustaban. Él sintió mi mirada y se giró. Sus ojos se clavaron en los míos y en su rostro se dibujó una sonrisa burlona que me dejó atontada. De pronto su cara se había vuelto dulce y tierna, nada que ver con la que me tenía acostumbrada. —Chicas, no nos critiquéis mucho, todos no somos iguales.

Y bajó por las escaleras. En ese momento mis padres aparecieron por el ascensor y entramos todos en casa.

—Mamá, esta noche se quedará Desi a dormir —informé.

—Muy bien, cariño. Ve preparando la cama mientras hago la cena.

Como buena anfitriona, nos hizo una tortilla de patatas que estaba para chuparse los dedos y de postre una tarta de queso exquisita. Una vez acomodadas en mi dormitorio charlamos de lo ocurrido y cada una dio su versión.

—Lara, todavía sientes algo por él, no lo puedes negar. Ya sabes cómo sucedieron las cosas. Tienes las dos versiones, en tus manos está escoger una o la otra. Él de momento ha decidido poner tierra de por medio para alejarse un poco de todo.

—¿Qué harías tú?

—Darle una oportunidad. Así me quitaría esa espina del «qué pasaría si yo hubiera hecho...»

—¿Y si no sale bien?

—Pues cierras ese libro y a otra cosa mariposa.

—De momento no puedo, Desi, más adelante ya se verá.

—Eso es decisión tuya, yo solo estoy para apoyarte en lo que tu quieras y necesites.

Dejamos eso a un lado y hablamos de mil cosas; de las chicas, de los chicos que les gustaban y que no les hacía caso, de las ocurrencias que tenían para acercarse a ellos y que se fijaran en ellas. Algunas eran para morirse de la risa ya que ambas eran muy patosas y siempre salían escaldadas. Como la vez que se puso unos tacones para aparentar ser más alta. Al acercarse al chico le fallaron y eso provocó que le derramara al chico en cuestión la bebida encima.

A altas horas, ya cansadas de hablar tanto, cerramos los ojos y nos quedamos dormidas. Fuimos a la cocina para desayunar algo ligero y no quitarnos las ganas de comer y vi que mi madre estaba preparando las maletas.

—¿Qué pasa, mamá? ¿A dónde vas?

—La abuela se ha puesto mala y tengo que ir al pueblo. Papá trabaja y tú tienes que quedarte a cargo de la casa.

—No te preocupes que me encargo de todo. Si necesitas algo o se pone peor dímelo, por favor, no me mantengáis al margen.

—Tú tranquila que seguro que se pondrá bien.

Desayunamos y acompañamos a mamá a la estación de tren, era más rápido que el autobús y la ocasión lo requería.

—Mamá, llama cuando llegues.

Nos fundimos en un beso que decía mucho.

El verano fue pasando. Mamá viajaba al pueblo una semana sí y otra no. Mi abuela iba mejorando, pero por mucho que lo hiciera, cada vez iba necesitando más ayuda, los años no perdonaban. Yo no quería ir, me negaba a tener un recuerdo de ella malo, prefería recordarla con su sonrisa y su energía a tenerla apagada y en la cama. Pero esta vez mi madre se negó y me dijo:

—Mira, Lara, la abuela pregunta por ti, no quiere irse sin verte y tu vendrás quieras o no.

—Mamá, es que no quiero recordarla tan malita.

—Mejor verla y abrazarla a no hacerlo más, ¿no crees?

Tenía toda la razón, pero me sabía a despedida. Cuando tenía la maleta para cerrarla tocaron a la puerta de mi habitación. Creía que era mi madre, pero me sorprendió ver a mi persona favorita, mi hermano.

—¿Cómo está mi enana preferida?

—Pero, ¿qué haces aquí?

Corrí hacia él y lo abracé con tanta energía que casi caemos. Siempre nos habíamos llevado muy bien, pero la distancia nos había separado un poco. Cuando nos veíamos era como si no hubiera pasado el tiempo y necesitábamos una noche de charla para ponernos al día. Cada vez estaba más segura de que algo pasaba y que este viaje era una despedida.

Nos repartimos en dos coches, mis padres por un lado y mi hermano y yo por otro. Mi hermano tenía que estar siempre disponible por si había alguna alarma y debía volver al trabajo a pesar de estar de vacaciones. Eso nos dio el tiempo suficiente para ponernos al día un poco. Le conté todo lo ocurrido con Mario, mi encuentro con Desiré, las juergas con las chicas, etc. Como siempre dejaba que yo hablara, y cuando acabé, llegó su turno. Me contó sus hazañas de guardia, las juergas que se pegaba cuando podían que eran muy distintas a las mías. Ellos estaban hartos de patrullar de noche. Y cuando salían hacían todo lo contrario, se iban a hacer deporte de riesgo, se juntaban en casas para hacer barbacoas, eso sí, siempre de día. Y llegó la hora de la confesión. Sí, digo confesión porque él era un picaflor y siempre decía que nunca se quedaría con ninguna, pero llegó su momento, estaba tan enamorado que se le veía muy feliz.

—No me puedo creer que te hayan cazado, hermanito. Ya era hora de que sentaras la cabeza. Tienes que presentármela. Deduzco que tiene que ser guapa y lista para haber conseguido que caigas rendido a sus pies.

—¿Y tú qué sabes si estoy tan enamorado o no?

—Me lo dicen tus ojos de corderito enamorado.

—Como siempre tan observadora.

Llegamos a casa de la abuela. Emocionada por verla de nuevo, aunque triste por encontrarla tan desmejorada. Tras el ictus se le había quedado medio cuerpo paralizado y apenas podía hablar. Ahora entendía porque mi madre viajaba en cuanto podía, ella la necesitaba más que nunca.

En los días que estuvimos allí no salí, ya no era solo por no encontrarme con Mario o Estela, era también porque quería aprovechar el poco tiempo que me quedaba junto a mi abuela.

Llamé a María para contarle que estaba allí y lo que pasaba con mi abuela y que no me apetecía salir. Eso no le impidió que ella se acercara a verme, interesarse por mi abuela y ponernos al día de todos los acontecimientos.

Mario se había ido ya a Alemania. Estela estaba saliendo con otro chico del instituto. Ya le quedaban pocos con los que salir. También me comentó que la habían cogido para un trabajo de modelo en una revista y que se mudaría a Madrid en breve. Las quedadas en las piscinas, etc.

El fin de semana pasó y volvimos a Alicante. La semana que tenía de vacaciones mi hermano dio para mucho. Le enseñé la ciudad, mis sitios favoritos para comer, el parque, algunos museos, iglesias y edificios históricos, las playas, montañas etc. También hubo momentos para disfrutar con los amigos. El viernes tocó salir cada uno con los suyos. Nuestras salidas solían acabar en el *Restauran-*

te Casa Pepe. El dueño era muy conocido, llevaba toda su vida trabajando y siempre intentaba dar el mejor servicio para todas las edades. Tenía varias zonas, la de comedor, la de bar y pista de baile donde siempre había una orquesta y la de *chill out* que era la nuestra donde la barra estaba en la terraza y las mesas con unos asientos sin respaldo en el que te podías tumbar, llegaban casi hasta la orilla de la playa.

Hacía muy buena noche. De pronto nos llamaron unos chicos que, con la poca luz que llegaba del *chill out* y la luz de una luna menguante que no facilitaba nada, no reconocí, que se trataba de los amigos de mi hermano y a este con una chica agarrada a su cintura.

—Hola, enana, me alegra encontrarte. Quería presentarte a mi chica, la he invitado a pasar el fin de semana con nosotros. quería darte una sorpresa. ¿Qué te parece?

—Que es fantástica la idea. Encantada, yo soy Lara.

—Yo Elena, encantada de conocerte. He oído hablar mucho de ti y tenía ganas de poner cara a la famosa enana.

Me puse colorada como un tomate y miré a mi hermano reprochándole el mote, cosa que no le importo y se partía de la risa al ver mi cara. Él se encogió de hombros y su cara me hizo reír también. Mis amigas al ver tanto guapo junto estaban alucinadas.

Llegaron las presentaciones, y cada uno se fue sentando donde más le gustaba y acabamos haciendo un corro para así vernos todos las caras. A Desi le había gustado un chico llamado Rubén, se lo noté al momento, en cuanto la miraba, ella se ponía un poco tímida y sus mejillas subían de color y a él al parecer también le había gustado porque no le quitaba ojo de encima. Se puso nerviosa y decidió ir al cuarto de baño del bar en el que estábamos. Se levantó y no dio dos pasos cuando Rubén dijo:

—Espera, Desiré, te acompaño. Voy a pedir una ronda, así me ayudas a traerlo, solo no puedo con todo.

Yo me reí en silencio, esa excusa me sonaba mucho, suerte que en la oscuridad no me veía nadie. Tomé nota mental de preguntar a mi hermano qué tal chico era ese tal Rubén, no quería que Desi sufriera. Los demás estábamos muy a gusto charlando y las chicas contentas porque por fin alguien las hacía caso. Cuando volvieron del bar ambos traían una sonrisa en la cara, eso era buena señal.

La noche fue pasando y sin darnos cuenta el cielo se fue aclarando. Eran las siete de la mañana, hora de poner fin a la velada y quedamos para salir todos a la noche siguiente.

Rubén nos llevó a mi hermano, Elena, Desi y a mí a casa. Los demás acompañaron a las chicas para que no fueran solas. No me extrañó que nos dejara primero a nosotros y llevara a Desi después. Se le notaba mucho que quería estar a solas con ella. Mi amiga me miró, como diciendo «tierra trágame», pero con una sonrisa en la cara. Al parecer le había gustado de verdad, pero veía el temor en sus ojos a quedarse sola con un chico por lo ocurrido tiempo atrás. Le di un beso antes de salir del coche y le dije:

—No te preocupes, es poli y un buen chico, él te respetará. —Quería tranquilizarla, solo esperaba no equivocarme.

Nosotros entramos en casa. Mamá si sabía que teníamos visita y había preparado la cama para Elena. Estábamos cansados, pero contentos por la noche pasada.

Me desperté con el olor a comida. Mamá había preparado solomillo con pimienta. Ese aroma hizo que todos abriéramos los ojos. Nos sentamos a la mesa, cada uno hablaba de un tema; papá del trabajo, mi hermano de cómo se conocieron Elena y él. Al parecer trabajan juntos y el roce pues... Mamá hablaba de las mejoras de la abuela y yo escuchaba y de pronto me vino a la cabeza Desi. En cuanto mi hermano se levantó a por cerveza me incorporé a ayudarle y así poder preguntarle qué tal chico era Rubén.

—Es un chico estupendo, familiar, serio, responsable, como dice mamá, un muchacho que se viste por los pies, como se suele decir. ¿Qué pasa? ¿Te ha gustado?

—No seas mal pensado, no es por mí, es por mi amiga. Solo quería saber que tal chico era, ella se merece ser feliz.

—Estará en buenas manos, no te preocupes.

Su respuesta me tranquilizó. Volvimos al comedor y disfrutamos de la buena compañía, para mis padres la mejor. Llegó la hora de arreglarse para salir, saber que iba tan bien acompañada tranquilizaba a mis padres. Llamé a Desi para que me contara qué había pasado anoche y quedar a una hora para ir a recogerla. La noté muy contenta, pero algo seca.

—Desi, contestas muy raro. ¿Es que hay moros en la costa?

—Sí, claro.

Comprendí que tenía a su hermano cerca y no podía hablar. Quedamos en que la recogería a las nueve. Con las chicas quedamos en la pizzería, a ellas las recogían los chicos. Formamos un grupo muy bonito con el que disfrutábamos de la buena conversación, reíamos y lo pasamos genial. Mi hermano estaba como en una burbuja, Elena se veía buena chica y se notaba que lo quería mucho. Las chicas sacaron sus dotes para ligar, pero les aconsejé que fueran ellas mismas y así lo hicieron; se pusieron bellas, pero naturales, sin tacones exagerados ni maquillaje de fulana. A Desi le brillaban los ojitos como nunca y tenía a un Rubén que no la perdía de vista. Yo era la que estaba más al margen, pero estaba feliz de ver a mis amigas disfrutar. Después de comer nos fuimos a un *pub* para tomarnos algo. Los chicos se dirigieron a la barra para pedir algo y nosotras fuimos a pillar asientos para todos. Una vez acomodados, observamos el ambiente. El local estaba a tope. La música invitaba a bailar, la pista estaba casi completa y nos miramos las unas a las otras para irnos a mover un poco el esqueleto y de paso rebajar esas exquisitas pizzas que sin duda se quedarían en algún lugar de nuestro cuerpo no deseado. Estaba bailando en la pista cuando una mano se posó en mi hombro.

—¿Quieres bailar conmigo? —dijo una voz susurrante cerca de mi oído que me erizó la piel.

Miré a Desi y ella estaba sonriendo, sabía muy bien quien tenía detrás de mí. Era su hermano, solo tenía esa sonrisa con él. Mi cara tenía que ser un poema. Me giré para encontrarme con esos ojos a los que tanto me costaba mirar y con un hilo de voz, que no sé de dónde salió, dije entre vergüenza y timidez.

—Sí.

En ese momento sonó la canción de David Bisbal *Para enamorarte de mí*. Yo no me lo podía creer, era mi canción favorita del disco nuevo y la iba a bailar con la persona que menos me esperaba. Me cogió la mano y me hizo girar para dar una vuelta que me acerco a él. El tacto de su mano en mi cintura me quemaba. Posé mi mano en su hombro y miré hacia el lado, no podía encontrarme así, tan cerca, con esos ojos. Esta noche los tenía más intensos, intimidantes e indescifrables que nunca. Mi cuerpo hervía con su tacto, me buscaba con la mirada y con cada movimiento, acercándose a mí todo lo que el baile permitía. Mi canción favorita nos envolvía, como su cuerpo lo hacía con el mío haciéndome sentir que estaba en el mejor sitio del mundo. No entendía nada, con Mario no me había pasado eso, pero su voz me hizo salir de mis pensamientos.

—¿Puedes decirme en qué estás pensando? Mírame, por favor.

Alcé mis ojos hasta encontrarme con los suyos que me atraparon sin remedio.

—Nada, solo que he bebido más de la cuenta y no estoy acostumbrada.

Tan nerviosa me puse que tropecé con sus pies. Él me agarró con fuerza para que no me cayera y me atrajo más hacía él. Nuestros ojos se miraron, se atraparon y se dijeron algo que no podía descifrar. Necesitaba aire, me estaba mareando sin saber el porqué, tanto no había bebido. Me separé de su cuerpo y salí a la calle. Creí que se quedaría en la pista, pero no fue así, sentí su presencia detrás de mí.

—¿He hecho algo que te molestara?

—No, no es eso, estoy un poco mareada de las vueltas y mi tropiezo me ha hecho ver que estoy peor de lo que yo pensaba y necesitaba algo de aire.

Fue lo primero que se me ocurrió. Claro que me pasaba algo con él, no sé por qué en su presencia reaccionaba así. Me cogió de la barbilla para que le mirara y así poder hablarme a la cara.

—¿Por qué no me miras cuando me hablas? ¿Tú también sientes eso? ¿Tú también sientes la atracción?

Sabía perfectamente a lo que se refería, claro que lo sentía, pero no me salía la voz del cuerpo. Temía lo que venía ahora y el recuerdo de los besos de Mario volvió a mi mente, estaba todo muy reciente. Pero no lo hizo, se retiró despacio, aunque siempre mirándome a los ojos y dijo:

—Si te incomoda mi presencia solo tienes que decirlo y me iré. No quiero molestarte, solo quería bailar esa canción contigo. Vuelvo con mis compañeros, ya nos veremos, Lara.

Y se marchó. Yo no sabía qué hacer, no sabía cómo reaccionar, solo sé que necesitaba aire y me fui para la orilla de la playa, me quité los zapatos y metí los pies en el agua para que se refrescara mi cuerpo. Oí que me llamaba Desi a lo lejos.

—Estoy aquí, en la orilla.

La había mandado su hermano por si me mareaba o necesitaba algo.

—¿Qué haces aquí, Lara?

—Estoy algo mareada de tanto bailar y las últimas vueltas me han hecho ver que necesitaba algo de aire. Estoy bien, no te preocupes.

—Mi hermano me comentó que te sientes mareada. ¿Necesitas algo? ¿Estás mejor?

—Sí, no te preocupes y dile a tu hermano que gracias por su atención.

—Buen baile el dc mi hermano contigo. Su ex le hizo que diera clases de baile y mira, por lo menos, algo bueno le dejó.

—¿Su ex?

—Sí, su ex. Ya te contaré o más bien que te lo cuente él. Por lo visto le has caído muy bien, aunque el comienzo no haya sido el más adecuado y se mostrara un poco desagradable. Algo está cambiando porque hacía mucho tiempo que no bailaba con nadie.

A mí se me venía un color y se me iba otro. No quería que notara lo que fuera que pasara entre su hermano y yo, porque ni yo lo entendía. Hacía muy poco que había terminado con Mario y todavía lo echaba de menos. ¿Qué era lo que me pasaba con Óscar? —¿Qué pasa con Rubén? —pregunté para cambiar de tema.

—Mañana te cuento. Quiero bailar un poco más. ¿Vienes?

—Sí, claro, ya estoy mejor.

Al entrar busqué a mis amigos, me uní a ellos y seguí hablando y bailando a pesar de sentir una mirada que me acompañaba en todo movimiento. El camarero llamó mi atención para que me acercara a la barra y me entregó una Fanta de limón con mucho hielo y me dijo que era cortesía del señor de la otra punta de la barra. Miré hacia donde me indicaba el chico y alcé la Fanta con un gesto de agradecimiento. Estaba sentado junto con dos chicos más. Volví a la pista de baile e intenté olvidar que estaba allí, pero me fue imposible. Sentía su mirada más intensa que antes y de forma casi inconsciente empecé a bailar insinuante. Me giré y nuestras miradas se encontraron entre la multitud. Una sonrisa asomó en mi cara, me sentía sensual y sabía que era por su mirada. Bailé canción tras canción, de pronto me sentí perdida, me giré para ver sus ojos y no los encontré, no estaba. No entendía nada, pero no quería pensar. Esa noche no quería olvidarme de los hombres y pasarlo bien.

Bailamos hasta el amanecer y cuando ya no podíamos más con los pies, nos fuimos a la orilla, nos sentamos todos y vimos cómo amanecía, como poco a poco la luz se abría paso dando paso a un nuevo día. Miré a los chicos; mi hermano estaba un poco más alejado besando a su novia, las chicas reían con los chicos, y Desi estaba cogida de la mano de Rubén. Para dejarles un poco solos me levanté y me dirigí hacia las chicas. Cuando salió el sol decidimos que ya era hora de volver a nuestras casas.

Llegó el domingo. Mi hermano fue a llevar a Elena al aeropuerto, tenía guardia esa noche. No quería ni pensar como la pasaría sin haber descansado en todo el fin de semana. Aproveché para que me acercara a casa de Desi. Tenía que contarme muchas cosas. Rezaba para que su hermano no estuviera en casa, pero sabiendo que había estado de marcha como nosotras, era normal que estuviera también descansando. Parecía que estaba sola, no se veía ni se escuchaba nada y me tranquilicé un poco.

—Muy buenos días. ¿Tienes algo que contarme, Desi?

Ella riéndose contestó:

—Sabes que sí, me conoces demasiado bien.

—Pues empieza.

—Me gusta, me gusta mucho, *muchísimo*, pero tengo mucho miedo, no quiero quedarme a solas con él. Tampoco quiero que se aleje. ¡Ayúdame, por favor! Me ha pedido ir a cenar los dos solos, pero no he podido responderle, me quedé bloqueada. Una cosa es todos juntos como estos dos días que han sido magníficos, y otra muy distinta es los dos solos. ¡Tengo miedo!

—Sabes que estoy aquí a tu lado, que no permitiría que nada te pasara, pero veo que es un buen chico y le pregunté a mi hermano, que me lo confirmó. Creo que lo mejor es que dejes tus miedos atrás, sal con él, y si te gusta tanto como dices pídele un poco de tiempo para conoceros. Cuando tu veas conveniente le cuentas todo lo que te pasa y si siente algo por ti, te comprenderá y te dará tu espacio hasta que tu decidas.

—Pero, ¿Y si no quiere y me deja?

—Desi, si no lo intentas, nunca lo sabrás y no puedes estar esquivando toda tu vida esas situaciones. Si no es este, será otro el que quiera estar contigo. Tienes que superarlo. Lo único que te digo es que si te gusta tanto como dices, no dejes pasar esta oportunidad.

—Lo sé, pero...

En ese momento entró su hermano con una toalla atada en la cintura y gotas de agua por todo el cuerpo. Me quedé paralizada. ¿Qué hacía así? ¿Me estaba provocando como castigo por el baile de anoche? No me lo podía creer. él se hizo el tonto como si no supiera que estaba allí.

—*Umm*... Perdona por mi vestimenta, pero no sabía que teníamos visita. ¿Qué tal estás, Lara? ¿Cómo va el mareo?

Me miró con unos ojos traviesos y picarones. En el acto me sacó los colores. Será... ¿Dónde se había ido el hombre serio, recto e intimidatorio que era cuando lo conocí?

—Bien, estoy bien.

Besó a su hermana y salió. Desi me miró y dijo:

—Estás blanca, ¿Te pasa algo? —dijo con la voz algo burlona.

—Estoy bien, bueno, eso creía. Se ve que el mareo no se ha ido del todo.

—Si necesitas un médico, puedo llamar a uno que tenemos cerca.

—No te preocupes, es solo cansancio de ayer.

De nuevo entró en la cocina ya vestido de blanco. No entendía nada. Fue hacia su hermana, le besó y se despidió hasta la noche. Al girarse pude leer en el uniforme, Doctor Óscar Vázquez. Me miró y me guiñó un ojo.

—Ya nos veremos, Lara.

Solo le dije adiós con la mano porque mi cabeza empezó a darse cuenta de que no sabía nada de él.

—Desi, ¿en qué trabaja tu hermano? Siempre me has dicho que trabaja de turnos, pero nunca donde lo hacía.

—Es médico. Ahora estaba de descanso. Por lo visto ha habido un accidente con varios heridos y lo han llamado al busca, tiene una operación de urgencias.

—Nunca me dijiste que tenías un hermano médico.

—Nunca salió la conversación. ¿Quieres saber algo más de él? —me preguntó con una mirada traviesa.

Algo me decía que se había dado cuenta de algo, pero yo no sabía lo que pasaba como para explicárselo a ella y más siendo su hermana.

—Mira, Lara, ya que estamos confesando lo que sentimos, te voy a decir algo. Sé que pasa algo entre mi hermano y tú, lo sé por su comportamiento extraño cuando tú estás alrededor y por el tuyo propio. He estado esperando a que tú me dijeras algo, pero entiendo que no me tengas confianza.

—Por Dios, Desi, no es eso, es que no sé qué es lo que me pasa cuando está cerca. Tampoco tengo palabras para definirlo. Su mirada me intimida y me quedo atontada, solo puedo decir eso. Serán tonterías, me lleva diez años, ¿no? Estoy confundida, está todavía muy reciente lo de Mario y echo de menos muchas cosas. ¿Cómo iba tu hermano a fijarse en mí? Soy su casi hermana.

Reímos las dos. Ella me miró sonriendo y dijo:

—Nunca te menosprecies. Tú vales mucho y hay mucha gente que ve más allá a pesar de la diferencia de edad.

Sus palabras me dieron que pensar. ¿Qué era lo que me estaba ocultando? ¿Por qué no me hablaba claro? No quería estar cuando volviera Óscar, pero Desi insistió en que me quedara a cenar con ella y al final llamé a casa para decirle a mi hermano que pasara a recogerme sobre las once, era demasiado tarde para andar sola por las calles.

Mientras cenábamos comida china vimos el club de la comedia. Con las ocurrencias del monólogo de Dani Rovira nos entró la risa tonta y me atraganté con un grano de arroz que se me fue por el otro lado. Sentí una mano dándome en la espalda, pero el cuerpo la reconoció al momento y de los nervios, más tosía, hasta tal punto de que me faltaba el aire. ¿Cuándo había llegado?

—Te voy a tener que hacer el boca a boca.

No sé el motivo, pero se me pasó *ipso facto*. Solo de imaginar sus labios rozando los míos me ardía el cuerpo.

—Iba a ducharme, pero el olor de la comida me ha abierto el apetito. ¿Ha quedado para mí?

—Sí, en el microondas está metida.

Será bruja, lo había planeado y la miré de reojo y vi como sonreía. Calentó la comida, la cogió y se sentó justo enfrente de mí. Yo ya no daba pie con bola. La tos volvió, pero más suave. Me levanté a por agua, que de paso sea dicho me venía bien tomar un poco de distancia y así tranquilizarme un poco.

Sentía como cuchicheaban, ¿qué era lo que se traían entre manos? Me estaba poniendo muy nerviosa y solo quería salir de allí. Tomé asiento cuando sonó el timbre de la puerta. Era mi hermano. «Qué bien» pensé, «Salvada por la campana».

Me despedí de ellos, a Desi con un beso, a él con un movimiento de cabeza. Di gracias al aire fresco en la cara y entré en el coche. Por el camino no podía dejar de pensar en el cambio de carácter de Óscar. Antes era serio e intimidatorio. Ahora me mostraba su sonrisa alegre y pícara. Parecía más cercano, en el baile me lo mostró. Pero no acababa de entenderlo del todo, lo mismo estaba juguetón, incluso podría decir que cariñoso, que serio, arisco y distante. Llegamos a casa, hablé un poco con mis padres de la abuela, los turnos y la partida de mi hermano, las vacaciones se le acababan.

El verano fue pasando, nos divertimos mucho y aunque mi hermano se había ido, los chicos nos seguían llamando para salir. Solo teníamos que compaginar sus turnos para adaptarnos a ellos, si no salíamos por la noche quedábamos para el café o la cerveza, no nos importaba la hora, la cuestión era estar juntos.

CAPÍTULO II

El verano pasó y la relación entre Desi y Rubén iba afianzándose cada día más. Tras una noche de confesiones, decidieron conocerse como algo más que amigos y comenzar una relación. Óscar dio el visto bueno, lo conoció poco a poco y vio que era un buen chico para su hermana, que la cuidaba y respetaba.

Yo seguía quedando con ella y con los demás, aunque había momentos en los que querían estar a solas como cualquier pareja. A pesar de tener pareja, seguíamos estando unidas; eso era una de las cosas que me demostraba que era totalmente diferente a Estela, que lo primero que hacía en cuanto tenía pareja era dejarme a un lado.

Llegó la hora de volver a los estudios. Último curso de bachiller. Daba por hecho que sería el más duro. Estábamos preparando las matrículas cuando, de pronto, me llamaron al móvil. Era mi hermano. Me extrañó mucho su llamada en horas de servicio.

—¿Dime, hermanito?

—¿Qué pasa, enana?

—Eso digo yo, ¿qué pasa? Me extraña la hora en la que me llamas. Estás trabajando, ¿no?

—Sí. Solo me he acordado de algo que me dijiste y te llamaba para confirmar si sigue en pie tu andanza por seguir con la tradición familiar.

—Es una de las opciones que ahora mismo tiene más peso, sí. ¿Por qué me lo preguntas?

—Tengo el temario de las oposiciones a policía, me lo acaba de pasar un amigo por si quieres ir echándole un vistazo y viendo cómo va el tema. Cuando acabes los exámenes, puedes venirte una temporada y te ayudo con el entrenamiento físico. Es algo que hago a diario y te puedo ayudar a prepararte para esa parte. Ya te lo piensas. De todas maneras, sabes que estamos para ayudarte.

—Lo sé, no te preocupes, tengo al mejor instructor en casa. Buscaré alguna academia por aquí y respecto a lo otro, ya lo vamos viendo.

—¿Se lo has comentado ya a nuestros padres?

—Aún no. Sé que mamá me lo pondrá difícil y, la entiendo, pero es lo que me gusta. Después de la experiencia que tuve con Desi, más interesada estoy todavía.

Vi cómo me miraba Desi con cara interrogante. Sabía que tenía que contarle cuál era mi proyección de futuro. Estaba segura de que mi elección no se la imaginaba ni por asombro.

Al colgar, Desi estaba esperando que me explicara. Le conté lo que me dijo mi hermano. Ella al principio se puso seria, sabía que eso significaba alejarnos la una de la otra, aunque fuera por poco tiempo, de momento. Pero también se alegraba de que emprendiera ese camino hacia mi futuro.

El otoño fue pasando, yo solo pensaba en estudiar y prepararme las pruebas físicas. Mi hermano me llamaba una vez por semana para ver cómo iba tanto en los estudios como en los ejercicios. Con su ayuda y con la de los chicos que me iban diciendo como hacer las pruebas sin hacerme daño fui mejorando. Incluso me acompañaban alegando que tenían que estar en forma, que no podían descuidarse, si no los ladrones correrían más que ellos y eso no podía ser. Realmente era una motivación tenerlos de compañía, animándome en todo momento. La constancia era lo primordial y descubrí que poco a poco sentía mi cuerpo más ágil y con más fuerza. Notaba como se iba moldeando, reafirmando y tonificando cada parte de mí. Tomé constancia hasta de músculos que ni siquiera sabía que existían. Comencé a percibir como la grasa iba desapareciendo, la talla de la ropa iba bajando de número y cada vez me sentía más segura de mí misma.

Una mañana me levanté muy nerviosa, presentía que algo no iba bien. Mi hermano llamó para planear su vuelta por Navidad y darles una sorpresa a mis padres cuando llamaron al teléfono fijo de casa.

—Dame un segundo que conteste al teléfono, es raro que llamen al fijo, dame un minuto.

—¿Dígame?

—Hola, cariño, estabas comunicando y tengo algo que decirte... la abuela ha fallecido. Tu padre ya está avisado y, en cuanto pueda, pasará a recogerte. Te aviso para que estés preparada.

Mi hermano lo había escuchado todo, intentó calmarme, pero las lágrimas no cesaban.

—Voy a hablar con mi superior e intentaré pedirme unos días para estar con vosotros.

—Cuando sepas su respuesta me dices si te ha concedido el permiso o no. Voy a preparar lo imprescindible. Luego hablamos.

—Tened cuidado.

—Tú también. Un beso.

La vuelta al pueblo fue triste. Mamá estaba allí esperándonos. Ella había estado con la abuela hasta el último momento. Fue duro ver como se iba apagando, ver como la persona que te había dado la vida se iba para no verte más, pero saber que había estado a su lado cuando más la necesitaba, dándole todo el cariño que sentía por ella hasta sus últimos momentos, era lo que le daba fuerzas a mi madre.

El mortuorio fue triste. Se acercaron familiares, amigos, vecinos y mi hermano con su Elena, otro detonante de llanto para mi madre. Las chicas no me dejaron sola un minuto, pero yo echaba de menos a mi mejor amiga, Desi.

De pronto sentí unos brazos apretándome con fuerza y un sollozo en mi oído. Me volví sabiendo quien estaba detrás de mí; era Desi dándome su apoyo, pero no venía sola, venía con toda la pandilla. No sabía cómo se habían enterado ni quien había sido el que lo había movilizado todo, ya lo averiguaría para agradecérselo. Lo único que me importó fue que estaban allí y que me sentó como un chute de fuerza para mi corazón en medio de tanto dolor. Me sentí arropada por mis nuevos amigos como nunca me había sentido. Besos y abrazos llenaron mi alma y tras darme el pésame todos salimos un rato al aire libre.

Vi que alguien se acercaba a la entrada, pero a lo lejos no lo reconocí. Las lágrimas no me dejaban ver con claridad. Ese alguien cada vez estaba más cerca y venía directo a mí. Me aclaré los ojos y no me podía creer lo que veía: ¡era Mario! Mario estaba allí tan guapo o más que antes. En este poco tiempo él también había cambiado. Me abrazó, y yo le correspondí, pero ninguno dijo nada.

El entierro fue doloroso, despedirse de un ser querido siempre lo era. La peor parte fue ver como metían la caja en ese nicho frío y oscuro. Ver a mi madre rota de dolor me partía el alma. Opté por recordar los momentos felices vividos junto a ella, así era como la quería recordar.

Cuando acabó todo, mis amigos volvieron a Alicante y los del pueblo siguieron con sus vidas. Mi madre y yo nos quedamos unos días para arreglar los cuatro papeles que siempre tienes que hacer a pesar de tener un seguro de defunción. Mi padre volvió a su trabajo al igual que mi hermano y mi cuñada. No me hacía a la idea de llamarla así, me sonaba hasta raro. María me llamaba de vez en cuando, sabía que estaba en el pueblo y me ofrecía salir para despejarme, pero a mí solo me apetecía estar tranquila recogiendo fotos antiguas y reviviendo los momentos vividos en aquella casa.

Una tarde llamaron a la puerta. Fui a abrir y era Mario. Al verlo no pude evitar que mis ojos se llenaran de lágrimas y él solo me tendió los brazos, unos brazos fibrosos y fuertes que me ofrecían cariño y consuelo. Me abracé unos minutos, pero ya no me sentía cómoda en ellos.

—Salgamos a dar una vuelta, la necesitas. —Como un títere me deje arrastrar por él hasta la calle, alejarme por un momento de mis pensamientos quizás me vendría bien.

—¿Cómo es que estás aquí, Mario? María me dijo que te habías ido a Alemania.

—He vuelto para estar con mi familia en estas fechas. Ha sido una coincidencia Me gustaría hablar contigo.

—Ya está todo hablado, Mario. No quiero remover más nada, de verdad. Intentemos ser amigos como antes de que comenzara todo, es lo mejor.

—Pero eso no es lo que yo quiero. Este tiempo solo y alejado de todo me ha hecho pensar en que es lo que yo verdaderamente quiero. Solo tenía una respuesta y eras tú, Lara. Quiero estar a tu lado, como también quiero recuperar lo que teníamos. Te he echado mucho de menos. Sé que no es el momento de hablar de esto, pero, por favor, dame una oportunidad.

—Tú lo has dicho Mario, no es el momento de hablar de esto. Más adelante. Por favor, entiende que ahora mismo no estoy para pensar en nada y menos en un futuro contigo después de todo lo ocurrido. En estos momentos solo necesito a mi amigo, sin reproches ni historias.

Él entendió lo que le pedía, solo su apoyo y cariño. No dijo nada más, solo me abrazó y besó mi frente tiernamente. La conversación poco a poco comenzó a fluir como en los viejos tiempos y nos fuimos poniendo al día.

Él me contó su vida en Alemania y yo la mía en Alicante, claro está sin contar muchos detalles. Comencé a sentir el fresco del atardecer en mi cuerpo que me provocó un escalofrío y, finalmente, decidimos volver a casa.

A la mañana siguiente me llamó María para invitarme a comer con la pandilla. Las Navidades se estaban pasando y queríamos aprovechar el tiempo que nos quedaba todos juntos. Luego cada uno seguiría con sus estudios y sus vidas.

Estábamos todos, no faltaba nadie. Anulé en mi mente las presencias que perturbaban mi tranquilidad e intenté disfrutar de mis amigos. No sabía cuándo volveríamos a estar todos juntos de nuevo. Lo que nos ataba al pueblo era mi abuela y al no estar ella, estaba segura que nuestras idas cada vez serían menos, incluso nulas.

Ver como los chicos me echaban piropos fue para mí todo un descubrimiento. No me había dado cuenta de que ya no me miraban como a una amiga, ahora era diferente. Tenían delante a una nueva Lara, que desprendía seguridad y se había dejado por el camino lo que no era suyo, entre otras cosas los kilos y los miedos a mostrarme como era verdaderamente. Más de uno se iba acercando para piropearme incluido Raúl, que hasta me hizo gracia. Fíjate lo que son las cosas, como el tiempo puede dar la vuelta a la tortilla y ser el ratón el que busca al gato.

Yo no estaba para muchas tonterías, pero los cumplidos siempre suben el ánimo y cuando miraba a Mario y veía lo celoso que estaba, más coqueteaba con el chico que se me acercaba. Les seguía la corriente solo para que sintiera un poco de lo que yo sentí cuando lo vi con Estela. Pero solo era eso, no quería ninguna historia con nadie y menos a los pocos días de haber fallecido mi abuela.

Cuando encontró la oportunidad, se acercó Mario y me dijo;

—¿Tienes tiempo para mí?

—Claro que sí, Mario.

—¿Puedo preguntarte algo?

—Claro que sí, dime.

—¿Vas a pensar lo de darme una segunda oportunidad?

—El tiempo lo dirá Mario, estaremos en contacto por teléfono, e-mail o Skype. No quiero correr, quiero pensar las cosas bien.

—Lo entiendo y lo respeto, debo de ganarme tu confianza.

—Ya no es solo eso, Mario. Tengo que escuchar a mi corazón, tengo que ver si el dolor causado puede más a lo que siento por ti o, al contrario. Entiende que no quiero volver a sufrir otro desengaño por las mismas personas y que me cuesta confiar de nuevo. Tengo ganas de vivir nuevas experiencias, tomar mi camino y no tenía en mente volver a tener pareja. Ya no es por ti, lo digo en general. Quiero buscar mi camino, encauzar mi futuro y luego ya se verá.

—Lo entiendo. Te demostraré que sí puedes volver a hacerlo y que nuestro camino igual es estar juntos, sea cuando sea.

Y empezamos a hablar de otras cosas, de las de siempre, de anécdotas, de lo que nos gustaría ser en un futuro, incluso de los nuevos chistes que circulaban por las redes sociales. La noche pasó en un suspiro al igual que los días de fiesta. Había que volver a la realidad y cada uno partimos a nuestros lugares, nunca la despedida me había dolido tanto.

El tiempo voló. Los exámenes llegaron más rápido que nunca, no había tiempo para salir, ni se admitían distracciones. Las únicas que bailaban eran las letras en las cabezas de todos los estudiantes para ponerlas en orden cuando el profesor te ponía el folio en blanco con las preguntas a desarrollar.

Salimos del instituto tras realizar el último examen y un coche aparcado en la acera de enfrente hizo tocar su claxon para llamar nuestra atención. Allí estaba el hermano de Desi, que salió del interior para apoyarse en su magnífico coche. Nunca me había fijado en él, creo que era un Alfa Romeo de color gris plomo, no sabía el modelo, los coches no eran lo mío, pero lo que estaba viendo era realmente precioso. En cambio, a él se le notaba que le gustaba y lo cuidaba; estaba impecable, como la pose que había adoptado, apoyado en él con los brazos abiertos esperando la llegada de su hermana y las piernas cruzadas y una sonrisa alegre y enigmática bajo mi punto de vista. Desi no tardó en cobijarse en esos brazos que la arroparon en cuanto la tuvo cerca.

—Pero bueno, ¿qué haces aquí?

—Vengo a celebrar con vosotras —dijo mirándome—. Vuestro fin de curso y vuestro último examen que seguro que os ha salido de maravilla.

—Mucha fe tienes en nosotras.

—Haya salido bien o no, creo que por vuestro esfuerzo necesitáis un descanso y eso habrá que celebrarlo, ¿o no?

—Sí, sí, una cervecita viene bien siempre —contestó Lola que se había unido a nosotras en la salida.

—Pues vamos a por ella, chicas —dijo invitándonos a todas.

Una a una fuimos tomando asiento en el coche. Me tocó justo detrás de él. Llevaba la ventanilla un poco bajada y el aire que entraba me transportaba su perfume. No era el mismo de otras veces, este era más fresco, pero igual de apetitoso. El de otras veces era más dulce y varonil.

A través del retrovisor podía ver sus ojos negros centrados en la carretera. Lo observé por un buen rato hasta que me encontré con ellos mirándome un poco risueños y diciendo, *te he pillado.* No volví a mirar el retrovisor por si volvía a pillarme y me dediqué a averiguar dónde nos llevaba. El destino era fuera de Alicante por la dirección que estaba tomando. Estaría bien conocer otros lugares, siempre solíamos ir a los mismos por cercanía.

Llegamos al bar *Restaurante La Bodega,* con una decoración rústica, adornada con barriles y botellas de vino por todos lados, suelos de madera al igual que los taburetes, las mesas y las sillas. Un camarero nos invitó a seguirlo y nos llevó a lo que supuse que sería una terraza y no me equivoqué. Lo que no me esperaba fue que la terraza estuviera acomodada a una pequeña pineda que había alrededor del lugar. Entre pino y pino había unas pequeñas carpas hechas a medida de forja labrada a juego de las mesas y sillas, con los techos recubiertos de cañizo, donde colgaban unas lámparas con forma de candiles antiguos que iluminaban cada espacio, haciéndolo todo más íntimo en medio de la naturaleza. Me fascinó aquel lugar; podías respirar el aire puro de la montaña a la vez que disfrutabas de una buena cena o simplemente una charla con los amigos como era el caso. La conversación transcurría con normalidad, las chicas creían que lo mejor para terminar el día era hacer una fiesta de pijamas. Desi toda ilusionada miró a su hermano y le dijo.

—¿Qué turno tienes hoy?

—De noche. Sé lo que estás pensando y tienes mi permiso siempre y cuando los vecinos no me llamen por escándalo nocturno.

—Si nuestras risas les molestan que se unan a la fiesta —dijo Lola.

—Más vale no enojarlos.

Desi le dio un abrazo y un beso que sonó en toda la terraza. Después de un par de cervezas acompañadas de varias tapas y raciones decidimos volver a casa para prepararnos para la fiesta. Óscar nos fue dejando una a una y no me extraño que la última parada fuera para mí.

—Preparo mi mochila y me voy rápido para tu casa, así te ayudo con los preparativos. ¿O prefieres quedarte aquí y así vamos juntas al super y te ayudo a comprarlo todo?

—Casi prefiero la segunda opción, mientras dejo a mi hermano descansar para su turno.

—Pues no se hable más, vamos.

La voz de Óscar me paró;

—Adiós, chicas, pasarlo bien esta noche.

Desi se tiró a él para darle un beso achuchado como le gustaban a ella y desearle buen turno y yo lo despedí con una sonrisa de agradecimiento por el día de hoy.

—Adiós y gracias, Óscar, por este rato tan bueno.

—Ha sido un verdadero placer. Nos vemos chicas. —Y se fue.

Todo estaba preparado cuando las chicas comenzaron a llegar. Fue una noche de conversaciones divertidas, risas y, como no, música y baile con el volumen moderado al pasar la hora pertinente para no molestar a los vecinos. A altas horas de la madrugada fuimos retirándonos a las camas improvisadas que habíamos preparado para todas en el cuarto de Desi.

No podía dormir. Harta de dar vueltas en la cama opté por salir de allí y que me diera un poco el aire. El exceso de *coca cola* no me dejaba pegar ojo, siempre que lo probaba me pasaba igual. Salí a la terraza. El cielo estaba dando paso al amanecer. Era todo un espectáculo observar como el cielo cambiaba de color hasta la salida del sol. Un escalofrío recorrió mi cuerpo, esas horas siempre eran frescas. Una mantita rodeó mi cuerpo, creí que era alguna de las chicas. Me giré mientras le daba las gracias y mi sorpresa fue mayor al ver esos ojos cansados, pero risueños y a la misma vez preocupados.

—Abrígate o tendré que visitarte por enferma pronto.

Salió una risita nerviosa por su cercanía y por su manera de mirarme, no sabía que decir.

—Gracias por la manta ¿Tú tampoco puedes dormir o acabas de venir de trabajar?

—Las dos cosas, he venido hace poco, pero no consigo conciliar el sueño. Tengo muchas cosas en la cabeza que no me dejan pensar con claridad.

—¿Si te puedo ayudar en algo?

—Tú eres uno de mis mayores problemas.

Y se lanzó sobre mí. Sus labios besaron los míos haciendo que todo mi cuerpo reaccionara y se aferrara a él como un niño a su caramelo. Fue un beso dulce, con deseo, que fue abriéndose camino hasta rozar nuestras lenguas, que se enredaron con timidez por mi parte y seguridad por la suya. Esta vez el escalofrío que recorrió mi cuerpo no fue exactamente por el frío. Cuando pude reaccionar me di cuenta de que ambos estábamos separándonos lentamente. Sus ojos me quemaban.;

—Perdona, no debí hacerlo.

Y volvió a su habitación. Me dejó sola y descolocada. Todo pasó muy rápido, pero sus labios me quemaban todavía, sentía su piel caliente y su lengua acariciando la mía como nadie lo había hecho. ¿Qué significaba ese beso? ¿Qué había pasado? ¿Por qué lo había hecho? ¿Le gustaba? Eso era imposible, un hombre serio, correcto y bien posicionado como él nunca se fijaría en una muchacha joven sin haber acabado sus estudios y sin saber que camino coger en la vida. Estaba segura que tenía alguna enfermera o alguna chica con su vida resuelta que le atraía más que yo. Seguro que fue un impulso inesperado, pero que me encantó, la verdad. Que bien besaba. No es que yo tuviera mucho con qué comparar, pero que distintos eran esos besos a los que me había dado siempre Mario. Cansada de dar vueltas caí rendida en el sofá. Sentí que alguien me arropaba, pero estaba tan cansada que no hice ni el intento de abrir los ojos y volví a dormirme. Cuando empezaron a moverse todas para desayunar no me quedó más remedio que ponerme de pie y tomarme un buen café para espabilarme. Nos sentamos a la mesa menos Òscar. ¿Dónde estaría? Quería preguntar, pero no me atrevía, mis ojos no paraban de mirar de un lado para otro, siendo Desi la que, como siempre y con mucho tacto, dirigiéndose a mi oído me dijo;

—No sigas buscando, no está.

—¿A qué te refieres?

—Lara, lo sabes perfectamente.

Debí de ponerme colorada como un tomate. Ella se sonrió al ver mi reacción, sus labios se curvaron formando una sonrisa que yo no entendía, pero me acordé de que tenía que contarle lo ocurrido en el pueblo y mi cara cambió de expresión. Necesitaba que me diera consejo y así poder decidir qué hacer.

Nos la apañamos para dejar a las chicas a cargo de la comida y salimos las dos con la excusa de que nos faltaban unas cosas.

—Id donde queráis, pero tenéis media hora.

—No pararon de reír hasta que desaparecimos por la puerta.

Una vez solas le conté que Mario me había pedido una segunda oportunidad y que me lo estaba pensando. No le conté lo de su hermano, no podía ni sabía cómo decírselo, pero eso me había hecho dudar de mi vuelta con Mario. Le echaba de menos, pero estaba descubriendo que en mi estómago había muchas más mariposas de las que había sentido nunca: el beso de Óscar me había desubicado del todo. Quería olvidarme de ese momento y lo único que conseguía era todo lo contrario, no paraba de dar vueltas en mi cabeza. Me había hecho sentir cosas que nunca había sentido y tenía grabado a fuego ese único beso.

—El volver o no con Mario es algo que solo tú puedes valorar. Creo que debes dársela por ti, porque vas a estar toda tu vida con la duda de lo que pudo ser y no fue. Si se la das y sale bien, pues me alegraré. Que se la das y no sale bien y os separáis definitivamente, pues así no podrás echarte la culpa nunca de *si le hubiera dado otra oportunidad que hubiera pasado* porque se la has dado. Y en los dos casos siempre estaré a tu lado, bien para reírnos o para llorar, pero juntas.

—Lo sé. No quiero volver a sufrir. Lo echo de menos, pero ya no es como antes.

Le di un super abrazo, de esos que tanto le gustaban y para cambiar un poco el tema, le pregunté:

—¿Qué tal van las cosas con Rubén?

—Te confieso que me siento tan feliz que me da hasta miedo. Hemos dado el último y gran paso, todo ha sido maravilloso. Si es bueno como persona, como amante es excepcional.

—¡Valla! Conocer todas las facetas de tu chico no era lo que tenía en mente. —Nos reímos las dos.

Nuestra confianza era tan especial que hasta en esos temas nos estábamos abriendo un poquito más.

Estaba radiante de felicidad y lo más bonito es que me la transmitía. Nunca había visto ese brillo en los ojos que tenía ella, ni siquiera en mí cuando estaba con Mario. Mientras volvíamos hablamos un poco de las chicas y los amigotes de mi hermano, del grupillo que habíamos formado junto a ellos y de lo bien que lo pasábamos.

—Gracias por tanto, Desi, no sé qué haría yo sin ti.

—Yo podría decirte lo mismo, Lara. Todos los días doy gracias porque la vida te pusiera en mi camino, aunque fuera en uno de los peores momentos de mi vida.

Ella sonrió y nos fundimos en uno de nuestros abrazos favoritos. Volvimos a casa donde las chicas tenían todo preparado para una comida ligera. Nos habíamos pasado con las chuches, los helados y, por qué no decirlo, algún que otro *cubatilla* también había caído entre baile y baile.

Pasamos el día juntas, hasta que llegó la hora de volver a casa. En ningún momento Óscar dio señales de vida y eso me volvió a llenar mi cabeza de preguntas. No quería darle muchas vueltas, pero era algo que no podía controlar, mi cabeza tenía vida propia y no había manera de pararla y dejarla en *stand-by*.

Los días pasaban y Óscar no daba señales de vida, parecía que se lo había tragado la tierra. Mis conversaciones con Mario iban fluyendo tanto por WhatsApp como por videollamada. Fuimos retomando poco a poco algo de la amistad que teníamos, aunque lo de volver a intentarlo lo mantenía al margen y cuando sacaba la conversación la cortaba rápido con otra cosa o directamente diciendo que me estaban llamando o que tenía que hacer algo urgente. No quería hablar de esas cosas por teléfono, lo veía frío para retomar de nuevo una relación y tampoco quería estar pensando si estaba conociendo a alguna chica allí o no mientras hablaba conmigo. De esta manera era libre y podía hacer lo que le diera la gana, total, nadie lo iba a ver y yo solo lo veía como un amigo.

Prácticamente solo tuve una semana de relax tras acabar el último examen. Mi hermano llamó para informarme que habían convocado oposiciones en septiembre para Policía Nacional, Guardia Civil y Fuerzas Armadas. Las fechas serían veintiuno, veintitrés y veinticinco relativamente. La convocatoria se hacía en Ávila en la Escuela Nacional de Policía. Mi hermano y Elena me acompañarían.

Prepararme las oposiciones y las pruebas físicas todo en prácticamente tres meses y medio fue un caos. Tuve mucha ayuda en la parte física, tanto de los amigos que me acompañaban y de paso ellos también se ponían en forma e incluso de mi hermano que de vez en cuando hacía una escapada para estar con nosotros el fin de semana y me daba bastante caña. Les agradecía cada minuto que estaban conmigo y sobre todo cuando en varias ocasiones quise abandonar y me dieron la mano para seguir adelante. Apenas tenía tiempo para disfrutar del verano, pero la cosa había venido así de rápido y era mi futuro el que estaba en juego. A falta de una semana partí para casa de mi hermano, quería comprobar que estaba preparada para las pruebas físicas y quería ayudarme en todo lo que se podía. Estaba centrada totalmente en aprobar. Desconectaba el móvil y todo lo que pudiera sacarme de mi concentración. Solo por la noche lo encendía un poco para poder hablar con mis padres y con Desi. Siempre que lo conectaba tenía un *WhatsApp* de ella y de Mario también. Estaba muy pendiente de mi desde que nos vimos en el entierro de mi abuela.

Llegó el día tan esperado, de este dependía mi futuro. Me había esforzado al máximo y esperaba obtener buenos resultados a pesar del poco tiempo que había tenido. El temario me lo sabía casi todo, desde que me lo pasó mi hermano, hacía un año más o menos, le había dado varias vueltas y en los últimos meses lo estudié más profundamente.

A cada opositante nos asignaron un número y nos dieron paso al salón donde cada uno tomó asiento conforme íbamos entrando. Una vez todos sentados, dieron permiso para dar la vuelta al examen. La suerte estaba echada. Al cabo de una hora los participantes comenzaron a entregarlos, empecé a ponerme nerviosa. Respiré hondo e intenté volver a concentrarme. Repasé un poco las respuestas para asegurarme que estuviera todo correcto y lo entregué. Ya estaba todo hecho. Ahora solo tocaba esperar. Una vez pasada la primera prueba debía pasar por el *Tribunal Calificador* para comprobar la talla de cada opositor y donde iríamos entregando el carnet y un certificado médico oficial, en el que se hacía constar que el aspirante reunía las condiciones físicas precisas para realizar las pruebas de aptitud física para el ingreso en el C.N.P. (Cuerpo Nacional de Policía). Si pasábamos el examen nos hacían las pruebas físicas, si no, pues vuelta para casa. Solo teníamos que esperar una hora para que corrigicran tu examen.

La espera fue eterna. Mientras esperaba llamé a casa, necesitaba oír la voz de mis padres, pero no me lo cogieron. Estaba buscando el número de mi madre justo cuando me estaba llamando ella. Ni hola me dijo, directamente soltó «si has acabado ya, puedes salir un momento a la calle». Por supuesto que salí porque al decir eso me di cuenta de que estaban allí, habían venido para darme su apoyo.

Mi padre entró dentro con su identificador para informarse de mi nota y le pidieron que me llamaran, que querían hacerme la prueba física. Estaba justo en el límite y todo dependía de si estaba preparada o no. Una a una y gracias a mis chicos que me ayudaron y prepararon para las pruebas, las fui pasando hasta llegar a la última donde se acercó uno de los examinadores y me dijo: «Enhorabuena, tu sueño se hace realidad, bienvenida al cuerpo». Yo no sabía si reír o llorar, si pegar saltos o salir corriendo, incluso pensé en darle un abrazo al hombre, a duras penas me contuve para no hacerlo. La cuestión era que lo había conseguido, tanto esfuerzo había valido la pena, y tanto. Estaba eufórica y orgullosa de mi misma. Había entrado en el cuerpo de policía y eso era un auténtico logro. Cuando salimos ya estaban todos reunidos y nos fuimos a conocer Ávila y su gastronomía y porqué no, a celebrar mi plaza.

Se lo comuniqué a Mario por *WhatsApp* y se puso muy contento. Dijo que teníamos que celebrarlo en cuanto viniera para España.

Al llegar a Alicante dije a papá que me dejara en casa de Desi, quería darle una sorpresa y que supiera la noticia de primera mano. La sorpresa me la llevé yo al escuchar la voz soñolienta de Óscar por el portero. Pensaba que a esas horas estaría trabajando y estaba claro que lo había despertado. No me salía el habla del cuerpo. Volvió a preguntar que quién era y como pude le dije que era yo. La puerta se abrió y subí. Me estaba esperando Desi en la puerta. «*Uff* que alivio» pensé. Me lancé hacia ella:

—¡He aprobado! ¡He aprobado!

Las dos saltábamos de alegría, pero mis ojos buscaban algo más o más bien a alguien, pero no lo encontré. No quería preguntar, vi que Desi tenía esa sonrisa tonta, la que últimamente me tenía mosca y le pregunté:

—¿Esa sonrisa es porque te alegras de mi logro o me escondes algo más?

—¿Qué? Yo no te miro ni te sonrío de ninguna manera. Son imaginaciones tuyas. Por supuesto que me alegro que hayas aprobado, aunque me da pena porque sé que te tendrás que ir de aquí.

—Sabes que si lo haces y que escondes algo ¿Dime ya por qué?

—No tengo nada que contarte, como bien sabes no soy una chivata, y cuando llegue el momento todo se verá, solo digo eso.

—Eres mala conmigo.

Y las dos nos echamos a reír. Hablamos mucho rato y sacamos toda clase de conversación, yo ya no sabía qué inventar para sacar más tiempo. Quería ver si Óscar hacía acto de presencia. Quería ver su reacción al saber la noticia. Iba todos los días a casa de Desi con cualquier excusa, pero Óscar no estaba por ningún lado. Me daba la impresión que estaba huyendo de mí y realmente no sabía el porqué. Estaba segura que no era solo por aquel beso, sino que escondía algo más.

Me llamaron de la central para informarme que me tenía que presentar en la comisaría de Madrid. Allí había obtenido mi plaza provisional y con suerte la fija. Estaba muy nerviosa, mis comienzos serían en una gran ciudad, esperaba estar a la altura, pero Madrid era muy grande.

Esta vez me acompañaron mis padres para ayudarme a encontrar piso y ver las zonas que me tocaba patrullar, mi padre quería asegurarse de que no me movería por zonas conflictivas y quería ver si tenía por allí algún amigo de la academia para confiarle a su hija. Vamos, que quería que alguien cuidara de mí. Y por suerte para él encontró a un amigo que se reconocieron nada más verse. Era un compañero que le asignaron para patrullar cuando estuvo en Barcelona, luego cada uno pidió destino cerca de su pueblo y por eso se separaron. Así que ya tenía un aliado dentro.

Quedé impresionada, aquello no era ni el pueblo, ni Alicante, aquello era lo más de lo más. Había cientos de policías moviéndose de un lado para otro, unos que entraban de guardia, otros que salían, otros patrullando, otros que traían detenidos. Mi cara debía ser un poema porque mi padre me echó el brazo por encima y me dijo:

—Tranquila, hija, Madrid es grande. Vamos a ver qué zonas te ha tocado y cuál es tu compañero o compañera.

Le seguí, él sabía moverse mejor que yo, que no daba pie con bola. Me llevaron a mi taquilla, me entregaron mi llave y mi ropa. Una vez vestida me presenté al comisario y allí estaba mi compañero. Era un rubio, altísimo, con unos ojos verdes que quitaba el sentido y vestido de poli. ¡Uf, no digo más! ¡Madre mía, ese hombre estaba de infarto! El que me iba a dar todo el día con él.

Nos saludamos, se llamaba Derek. Se notaba a la legua que estaba nerviosa ante todo lo desconocido, pero él me tranquilizó y animó. Sabía que el primer día no era fácil. Me dijo las zonas por la que normalmente patrullaríamos y el número de nuestro coche y el de identificación para la central. Todo estaba ya preparado para salir a patrullar. Nuestras zonas eran Majadahonda y las Rozas. Eran zonas tranquilas de gente adinerada y famosa.

Mientras yo trabajaba, o más bien hacíamos una primera ronda de contacto para ver como se hacía todo, mis padres estuvieron viendo pisos cerca del trabajo para no tener que desplazarme mucho. Todo era muy caro, así que pensaron que era mejor compartirlo con alguna chica y el gasto sería menor y de paso no estaba sola. Pero de momento a mí me apetecía estar sola, ya encontraría alguna compañera de piso más adelante, mis padres lo entendieron.

—Es tu vida cariño, debes elegir tu camino. Solo te pedimos que tengas cuidado y sepas lo que haces.

Esa noche, hablando con Mario, me comentó;

—Lara estoy pensando que podíamos compartir piso. Tengo que ir a Madrid para hacer un curso presencial, serán solo unos meses.

Lo comenté con mis padres y, aunque no muy convencidos, aceptaron. No estaría sola y era alguien conocido, aunque fuera un antiguo novio mío.

—Quiero también que sepáis que Mario me pidió una segunda oportunidad para retomar lo nuestro. No sé lo que pasará cuando estemos juntos. Tengo claro que solo quiero su amistad, pero quería que lo supierais.

—Es tu vida, cariño, debes elegir tu camino y, si es al lado de ese chico, pues tienes que averiguarlo tú. Solo te pedimos que tengas cuidado y sepas lo que haces.

Acordamos que Mario vendría a Madrid en tres semanas. Mientras, mi confianza con Derek aumentaba, eran muchas horas juntos. Él estaba felizmente casado con Ana, una morena que lo conquistó con su gracia y salero. Ella era de Córdoba, andaluza como yo. Congeniamos en el momento que nos presentó un viernes que librábamos y no pude negarme a salir con ellos. En esa cena me comentó que su padre era italiano y se enamoró de una andaluza, y por las casualidades de la vida a él le pasó lo mismo.

Mis llamadas a Desi eran diarias, la echaba mucho de menos, ella le iba muy bien con Rubén y eso me alegraba, por lo menos no estaba sola. Tenía a su lado un compañero que la entendía y la quería, la cuidaba y la mimaba y eso me hacía muy feliz. Algunas veces me daban ganas de preguntarle cómo se había tomado su hermano estar en segundo plano, conociendo lo protector que era, pero nunca llegué a preguntárselo.

Se acercaba el día de la llegada de Mario. Estaba muy nerviosa, significaba compartir mi vida con él, aunque no me lo pidiera formalmente. Era vivir en pareja, y a eso le tenía yo un gran respeto. Derek me notó que estaba descentrada y me animé a contarle lo que pasaba. Él me tranquilizó.

—No te preocupes, será bueno para los dos. Es la mejor manera de conocerse y comprobar si vuestro amor es verdadero o no; si llegareis al altar o a la separación definitivamente.

Era un guasón de aúpa, lo fui comprobando con el paso de los días, donde nos íbamos conociendo y abriendo el uno al otro. Era un tío muy leal a su mujer y un amigo y compañero estupendo. Me acompañó a recoger a Mario al aeropuerto en un ratito libre que teníamos para descansar y nos llevó a casa para descargar las maletas. Le di la llave a Mario y este preguntó:

—¿Cuál será mi dormitorio?

—La habitación de invitados, pero no te preocupes que la cama es de las grandes.

Y volví al trabajo, aun nos quedaban cuatro horas. A mi regreso Mario ya estaba acomodado y no era exactamente donde yo le había dicho. Lo había colocado casi todo en un espacio que quedaba libre en mi dormitorio y había preparado la cena: era pizza, algo fácil, lo tenía todo listo. Se acercó para besarme y yo acepté. Fue corto y muy distinto a lo que yo esperaba y recordaba. Esta vez las mariposas no revolotearon. Mis pensamientos volaron al momento de mi beso con Óscar, quise borrarlo de mis pensamientos, pero beso tras beso estaba presente. Supuse que sería de los nervios, hacía mucho que no había estado con Mario y no era solo una segunda oportunidad, sino que también viviríamos juntos.

Nos sentamos a cenar y hablamos de todo un poco. De mi trabajo, de sus estudios, de mis rutas, de sus planes en Madrid. Terminada la cena, recogimos los platos y me fui a la cocina para colocar las cosas en su sitio y fregar los platos. Él me siguió y me ayudó. Una vez terminado todo me abrazó por detrás, me besó en el cuello y me dijo:

—Estoy aquí y no puedo volver para atrás y hacer las cosas en condiciones. Si hubiéramos hecho esto a la antigua usanza sería algo como esto.

Me giró y se arrodilló:

—Lara, ¿quieres vivir conmigo?

—Por supuesto que sí, de lo contrario no estarías aquí.

Se levantó del suelo y me besó. La cosa fue subiendo de tono y acabamos en la cama, la que a partir de esa noche sería de los dos. Me acariciaba los pechos, me mordía el lóbulo de la oreja, sabía cómo tenía que tocarme para hacerme explotar y él aguantaba para así poder llegar los dos a la vez.

Esa noche me perseguían ojos por todos lados y desperté dando un salto, no estaba acostumbrada a dormir con nadie. Mario me tocó y me sobresalté, pero me acordé de que ya no estaba sola. Me calmó, me abracé a él y volví a dormirme.

Así empezó nuestra vida en común. Él se preparaba el máster y se buscó un trabajo en una gestoría mientras yo patrullaba la ciudad. Nos veíamos en las noches cuando ambos volvíamos del trabajo, hablábamos de lo que habíamos hecho en el día y nos dedicábamos un ratito a nosotros, a recuperar nuestro amor, a sentirnos juntos de nuevo.

El tiempo iba pasando. Cada uno se volcaba en su trabajo y sus quehaceres. Cada vez sacábamos menos tiempo para estar juntos. Yo a lo primero les echaba las culpas a los horarios, pero vi que los fines de semana que yo libraba él tampoco hacía nada para estar conmigo, tenía siempre cosas que hacer o donde ir. El romántico que era estaba desapareciendo, al igual que mis ganas de esperarlo. Algo estaba comenzando a fallar. Las segundas partes nunca fueron buenas y aquí se estaba cumpliendo ese dicho. Comencé a darme cuenta que nuestros encuentros sexuales cada vez eran menos, aunque seguían siendo satisfactorios.

Un día de los que libraba me quedé en casa, anulé el gimnasio y le mandé un *WhatsApp* diciéndole que tenía un paquete urgente en casa y que viniera a recogerlo. Él no sabía que libraba, se lo oculté porque quise recuperar algo de lo que se estaba apagando, pero él nunca llegó. No sabía que estaba pasando, pero no podía dejar de pensar en que yo tenía la culpa, que no sabía estar a la altura o que él se estaba hartando de mí.

Cuando coincidíamos en casa intentaba hablar con él, pero nunca tenía tiempo o simplemente decía que eran tonterías mías, que no pasaba nada. Para hacerme ver que estaba equivocada me hacía el amor y todo concluido. Pero ya no era lo mismo, era como algo mecánico. Cada día que pasaba era una tortura para mí, no me sentía cómoda con la situación que tenía en casa. Derek notó que algo me pasaba porque cuando me preguntaba cosas del trabajo siempre estaba en las nubes y me tenía que dar un pellizquito juguetón para volver al presente. Hasta que un día ya no podía más y le conté la situación. Él, como hombre, tenía que saber más o menos qué era lo que estaba sucediendo.

—Lo que estoy intuyendo debes de descubrirlo tú sola, es algo personal, y lo que yo te diga te puede condicionar a tu manera de pensar. Más adelante, si se confirman mis sospechas, te lo diré.

Mi cabeza iba a estallar de tanto marear los pensamientos. Una llamada de la central me sacó de ellos. Nos informaron que habían dado aviso de un altercado en la zona de El Viso, en el chalet de un adinerado habían montado una fiesta y se estaba desmadrando. Cuando llegamos a la mansión, porque eso no se puede llamar de otra manera, pedimos permiso para entrar a una de las criadas que nos estaba esperando en la puerta para explicarnos lo que estaba ocurriendo en el interior. Se habían colado unos fans de una modelo aspirante a actriz, la tenían acorralada y la estaban apuntando con una pistola. Nos hizo un pequeño croquis de cómo era la casa y dónde estaban ellos. Mientras tomábamos posiciones, pedí refuerzos.

Tomé el mando, estaba capacitada para esos actos, era buena en la rama psicológica, siempre que el atacante quisiera escucharme. Mi madre siempre me lo decía, cuando le dije que quería ser policía me lo recordó, a ver si me animaba a cambiar de idea, pero no lo consiguió. Algo de razón tenía.

Los muchachos, al vernos vestidos de poli, se pusieron a la defensiva, sin darse cuenta de que cada vez hacían más daño a la modelo y ésta, aterrada, chillaba sin parar, cosa que los hacía poner más nerviosos. La cosa no pintaba nada bien, así que pedí a mi compañero que se alejara un poco y me dejara hacer a mí. Los refuerzos habían llegado y estaban tomando su posición, sabía que en breve me cubrirían. Solté la pistola en el suelo para que me vieran e intenté acercarme a ellos con la intención de quitarles las pistolas. Acorralaron más a la muchacha que la tenían puesta de espaldas, pero yo no tenía prisa. Comencé a hablarles:

—Chicos, estáis haciendo daño a la chica y estoy segura de que esa no es vuestra intención. ¿Qué tal si os relajáis y nos echamos una foto con ella?

—Nuestra intención era esa y disfrutar de su presencia, pero esta zorra solo se deja con los famosos que le abren el camino a la fama y se acuesta con ellos, los demás no le importamos.

—Ella puede hacer lo que quiera, es libre de elegir esas cosas y de hacer lo que quiera, es su vida. Lo que vosotros estáis haciendo no es el mejor camino para enamorar a una chica, si eso es lo que queréis, en todo caso lo que estáis haciendo es alejarla de vosotros. ¿No creéis?

De una cosa sí que me di cuenta mientras hablaba con los chicos y era que, desde el momento en que hablé, la muchacha se había callado. Parecía más calmada, y eso era un punto a favor. Cada vez estaba más cerca de ellos. Miré a mi compañero para que poco a poco se fuera acercando para ver si podíamos reducirlos. De pronto se movieron y giraron a la chica que, al principio no la reconocí, pero mirándola para ver en qué estado de ansiedad se encontraba, la reconocí. No podía dar crédito a lo que mis ojos veían, no podía creer que fuera ella. Al acabar de girarla intentó escapar, yo aproveché el despiste de los chicos y me eché sobre el muchacho que tenía más cerca para arrebatarle el arma.

Con el forcejeo, el arma se disparó con tan mala suerte que fue a parar en alguna parte de mi cuerpo. Sentí un dolor inmenso que me tiró al suelo. Vi como ella corría a los brazos de otro chico que al verme como caía al suelo vino corriendo en mi dirección gritando mi nombre. También lo reconocí antes de quedar inconsciente.

Sentía mucho dolor, era insoportable, había varias voces a mi alrededor que no reconocía y mucha claridad, pero mis ojos no lograban abrirse. Había una voz que habló con palabras técnicas sobre algo que estaban haciendo y que no entendí. Alguien captó mi atención, me era familiar, pero no llegaba a reconocerlo. Tampoco sabía dónde estaba, oía cosas sueltas como *dame más gasas* o *pásame el hilo*. Mis sueños flotaban como si estuviera en un taller de costura. De pronto todo era silencio y ya no sentía dolor. Y volví a caer en un sueño profundo.

No supe el tiempo que había pasado, pero poco a poco empecé a sentir mi cuerpo. Mis ojos parecían que ya me querían obedecer, así que intenté abrirlos lentamente, pero la luz me cegaba y me molestaba tanto que me era imposible. Volví a sentir muy lejana una voz que no sé por qué a mí me tranquilizaba y decía algo así como *esto la calmará, tranquilos*.

Creo que estaba en una habitación del hospital. Algunas veces notaba la presencia de alguien, otras veces escuchaba voces que reconocía; como las de mis padres, mi hermano, Desi y Rubén, incluso la de mi compañero Dereck, y Ana, pero la que siempre aparecía era la de Óscar. Ahora si la identificaba. Notaba como mi cuerpo pesaba más y ráfagas de dolor asomaban leves.

CAPÍTULO 14

ÓSCAR

Jamás pensé que mi reencuentro con Lara fuera de esta manera. Lo había planeado he intentado muchas veces, pero nunca me atreví a acercarme a ella. Verla así, llena de cables y máquinas por todos lados me partía el corazón. No me gustó para nada el pensamiento de perderla de esta manera. Necesitaba estar con ella y cuidarla. Decirle lo que sentía. Saber lo que ella pensaba. Aprovechaba todo el tiempo que podía y mi trabajo me permitía para estar a su lado. Quería estar al tanto de cómo iba su evolución.

—¿Por qué no se despierta? Lleva cinco días así.

—Pronto lo hará, Desi, tranquila. Le estamos bajando la dosis de la medicación para ver cómo va reaccionando. Ve a comer algo, los padres de Lara están allí, les obligué a que lo hicieran, no quiero atender a más enfermos por ahora.

—Si pasa algo, me avisarás, ¿verdad?

—Sabes que sí, cielo. Venga, sal ya que te van a cerrar el bar.

El silencio se hizo en la habitación. Me desesperaba ver que no avanzaba nada, que no daba indicios de una pequeña mejoría, algo a lo que agarrarme. Dicen que cuando se está en coma hay momentos de lucidez, que escuchas lo que hay alrededor. No está probado, pero necesitaba desahogarme y contarle lo que sentía, quizás así me era más fácil desnudar mi alma sin que esos ojos me miraran.

Noté como una lágrima se escapaba de mis ojos. Resbaló por mi cara y cayó justo en su mejilla. al secarla, le abrí mi corazón.

—Lara, mi amor, vuelve conmigo. Tienes que abrir los ojos, te necesito más de lo que te imaginas, tienes que volver con nosotros, tienes que ayudar a Desi. Abre los ojos. Mírame. Te quiero.

Necesitaba tocarla, acariciarla. La besé en la frente y oí un leve gemido. No podía ser que mis palabras las hubiera escuchado. La observé por si hacía algún movimiento y al cabo de un rato noté como intentaba abrir los ojos. Apagué la luz dejando encendida solo la lamparita del cabecero de la cama y, acercándome a ella, la animé a hacerlo;

—Eso es, pequeña, ábrelos poco a poco, muy despacio para que puedas adaptarte a la luz. Está tenue, pero al principio puede llegar a molestar mucho.

Notaba su esfuerzo y como sus pupilas se dilataban adaptándose a la luz y fijándose poco a poco en los objetos y en mí. Sus preciosos ojos se posaron en los míos llenos de miedo y bastante desorientados.

—Estoy contigo, no te preocupes, te lo iré contando poco a poco. Es normal que estés un poco perdida y desubicada, has estado varios días en coma. Intenta mover algo, necesito ver si tu cuerpo responde.

Su mano se movió y comprobé que tenía movilidad leve en la extremidad superior. Eso era algo normal después de haber estado tanto tiempo parado. Seguí explorando sus pupilas. Por un momento sentí una conexión y al estar tan cerca de su cara no pude evitar darle un beso todo lo cerca que podía de sus labios. Sabía que el tubo para la respiración me impedía acercarme a ellos todo lo que hubiera querido, pero me conformaba con ese poquito. Cuando me separé vi que aún me miraba, pero no era momento de explicaciones.

—Tengo que hacer unas comprobaciones antes de llamar a tu familia. Si necesitas cerrar los ojos, hazlo.

Noté como con su mano elevaba el pulgar dándome permiso, y comencé con las comprobaciones de las constantes y anotaciones pertinentes. Sentía su mirada a cada paso, me gustaba esa sensación, no quise descubrirla. Le tomé nota de todas sus constantes, fui comprobando máquina por máquina y apuntando todos los datos. Una vez comprobado y anotado todo, me giré hacia ella y le pregunté:

—A pesar de estar varios días en cama, sé que te notas muy cansada y un poco perdida, te voy a ir explicando todo lo ocurrido y por qué estas aquí. Necesito que me contestes unas preguntas antes de llamar a tu familia y te dejaré descansar.

Su respuesta de nuevo fue un pulgar débil hacia arriba.

—¿Lara, recuerdas algo de lo ocurrido?

Lara giró la mano como diciendo que regular, lo normal es que tuviera una amnesia transitoria o tuviera lagunas de lo ocurrido.

—Bien. Llamaron de la central para que vigilarais una casa. ¿Te acuerdas?

Movió la mano con el pulgar hacia arriba confirmando la respuesta.

—Hubo un disparo que te alcanzó. ¿Recuerdas eso?

De igual manera dijo que sí.

—Creo que lo que no recuerdas es lo que pasó después porque quedaste inconsciente. Lara, no te preocupes, es muy normal. Te pondrás bien. Tengo que informar a tu familia de que has despertado y a mis compañeros para valorarte.

En ese momento sentí su pequeña mano apretando levemente la mía, quería decirme algo, pero era imposible en el estado que estaba averiguar qué era.

—No debes alterarte, no te preocupes, estaré a tu lado y cuando puedas ya me dirás que es lo que quieres decirme.

Llamé a Desi para informarle de que había despertado. Solo podía entrar una persona, pero como excepción y un poco de enchufe los dejé pasar a todos para que comprobaran que estaba bien y se fueran a descansar.

Se agruparon todos alrededor de la cama haciéndole preguntas y dándole besos. Una de las máquinas empezó a pitar, Lara se había puesto nerviosa y lo habían detectado. Todos me miraron preguntando qué era lo que pasaba.

—Es normal que a veros a todos encima de ella se ponga nerviosa. Ya habéis comprobado que está bien y que reacciona. Ahora os pido que salgáis despacio y vayáis a descansar. Sabéis que no puede entrar nadie y vosotros habéis sido una excepción. Esta noche no me moveré de su lado. Necesito ver cómo evoluciona y si hay alguna complicación, os aviso, pero estoy seguro que eso no va a ocurrir.

—¡De ninguna manera! La que se queda soy yo, es mi hija y quiero estar a su lado.

—Cariño, Óscar tiene razón. Ya tenemos a Lara de vuelta. Mañana en la hora de visita podremos verla. Ahora deja a Óscar hacer su trabajo cuidando de nuestra niña.

Mientras ellos hablaban observé como Desi se acercaba a Lara, como le decía algo que no logré alcanzar a oír, vi como ella se emocionaba y como la calmaba, la besaba y se despedía de ella. Seguido se acercó a mí para darme un beso acompañado de un fuerte abrazo mientras me decía:

—Sé de sobra que la vas a cuidar, hermanito, pero intenta descansar tú también, que llevas desde que ingresó sin hacerlo y tienes casi la misma mala cara que ella.

Gracias a la intervención de mi hermana, que habló con ellos, se fueron despidiendo de Lara y salieron en silencio. Una vez solos, Lara ya no pudo más y se derrumbó. Roto de dolor al verla así y contento por tenerla de vuelta de nuevo, lo único que me apetecía era acurrucarla entre mis brazos y consolarla, pero era imposible por cómo estaba. Lo único que pude fue rodear su cara con mis manos y obligarla a que me mirara.

—Tranquilízate, mi vida. Llorar no te hace bien y te voy a explicar el por qué. La bala entró por tu costado derecho y ha rozado el pulmón. Se infectó bastante y por eso has estado en coma. Al llorar, esfuerzas tu respiración varios grados más rápido de tu ritmo normal y podrías tener problemas con las flemas, así que por favor tranquilízate e intenta descansar.

Viendo que mis palabras y mi consuelo no hacían el efecto esperado, no me quedó más opción que llamar a una enfermera para que le suministrara un relajante. De paso, informé a mi compañero y amigo, el Doctor Javier Andrade, uno de los mejores especialistas en el aparato respiratorio y el que estaba llevando a Lara desde que llegó. Sabía que estaba de guardia y que vendría en cuanto pudiera. Quería hablar con él de cómo íbamos a proceder y comprobar las secuelas que podían quedar.

Transcurrido unos minutos, la puerta se abrió y entró la enfermera acompañada de Javier. Ella le suministró lo indicado en el suero mientras yo le entregaba a Javier la carpeta con el informe y las anotaciones.

—Sé que no es agradable verla así, pero antes de quitarle el respirador, me gustaría hacerle una resonancia para ver cómo va ese interior. Sabes que la has dejado en buenas manos.

—No podía ser de otra manera. Eres el mejor. Gracias, Javier.

—Nada de gracias, me debes una comida.

—Eso está hecho.

—El busca me reclama, mañana me paso por aquí de nuevo para hacerle las pruebas y ya te llamo cuando tenga los resultados.

—Espero que tengas buena guardia.

—Mañana te toca a ti, así que intenta descansar. —Y salió de la habitación.

Mi mente empezó a recibir voces, muy difusas y demasiado altas para mis oídos. Me eran molestas y no las diferenciaba, comenzaba a despertar. Reconocí la voz de Desi a lo lejos, seguramente estaba hablando con alguien, pero no lograba entender qué decían. Al ratito sentí como una puerta cerrarse y volvió el silencio. Sentí caer algo muy suave en mi cara y como una mano me tocaba y me la retiraba. De pronto una voz conocida comenzó a hablar y, para mi sorpresa, la escuché alta y clara:

¡Óscar me estaba llamando amor! ¡Me había dicho que me quería! Que dulce sonaba esa palabra de su boca, pero, ¿cómo podía decirme esas cosas tan bonitas? ¿De verdad las sentía? Saber que él estaba a mi lado y sentir sus caricias por mi cara y un beso dulce en la frente me tranquilizó. Sabía lo protector que era con Desi y estaba segura de que también lo hacía conmigo. Quería abrir los ojos como él decía, pero no obedecían. ¿Qué le pasaba a Desi? ¿Por qué tenía que ayudarla? Eso hizo que me pusiera nerviosa. Intenté abrir los ojos de nuevo, muy despacio. Poco a poco los fui abriendo y pude ver a Óscar ejerciendo su profesión, no entendía que hacía aquí, pero no me molestaba para nada su presencia.

Me explicó que era lo que me había pasado y como estaba. Recibí la visita de mis padres y de Desi, una excepción dado el lugar en el que me encontraba. Al no poder hablar y verlos todos tan preocupados y demacrados alrededor de mí, no pude evitar alterarme y que las máquinas se volvieran locas pitando. Óscar tomó cartas en el asunto, echándolos a todos de allí para que descansaran. una enfermera inyectó algo en el suero por orden de él, me calmó en décimas de segundos y me volví a dormir profundamente. La noche fue pasando y se me fueron pasando los efectos de las medicinas, abrí los ojos y miré para el lado y lo vi, echado en la silla, durmiendo, eso sí, con una mano en la cama. Lo observé detenidamente, con sus ojos mirándome no me atrevía, y pude ver sus facciones perfectas, atractivas, con una barba de varios días, cosa que me extrañó, él siempre estaba muy bien afeitado. Volví a cerrar los ojos, ahora más tranquila de ver que él estaba allí. Me despertaron unas voces que reconocí de momento y no quise abrir los ojos para no llamar su atención y así poder oír lo que decían. Eran Desi y Mario discutiendo. Ella le decía:

—¿Cómo tienes el valor de presentarte aquí?

—Tengo que saber que está bien, Desi, entiéndeme, la quiero y quiero que se recupere. Fue muy valiente por su parte, salvó a Estela poniendo su vida en peligro.

—¿Cómo tienes el valor de decir que la quieres? ¿Qué hacías allí con Estela?

—Desi, eso es algo que tengo que hablar con ella.

—¿Qué pasa? ¿Que la estás engañando otra vez? ¿No crees que ella no se merece eso? ¿Pero en qué estás pensando, tío?

—Desi, tranquila, creo que este no es el lugar más adecuado para esto, ella nos puede oír.

—¿Te preocupa que se entere, o es que, si no se acuerda, tú no se lo vas a decir? ¿Porque estás jugando con ella de esta manera? Esta vez volvías con ella porque la querías y le vuelves a hacer lo mismo. Déjala en paz de una vez.

Algo hizo que Desi se callara. Las imágenes fueron pasando por mi mente más nítidas y dolorosas.

El disparo, la cara de asombro de Estela y el grito de Mario llamándome cuando caí al suelo semi-inconsciente. Lo reviví todo, cerré los ojos todo lo fuerte que pude, no tenía fuerzas para enfrentarme a Mario, necesitaba muchas explicaciones y las preguntas no podía hacerlas. Quería volver a estar en un sueño como los de antes, sin voces, sin preocupaciones.

Alguien irrumpió en la habitación haciendo callar a los dos, era una enfermera acompañada por un doctor. Pidieron que por favor salieran de la habitación, estaba prohibido entrar fuera de horario de visitas. Di gracias a Dios porque lo echara de allí. Aguanté las ganas de llorar que tenía y recé para que el doctor no se diera cuenta de lo alterada que estaba. Ellos salieron a la calle y el médico hizo su trabajo. Él tomó nota de todo y vio la herida como iba y la enfermera la curó y cambió el vendaje. Oí decir al doctor mientras salían que me iban a hacer una nueva resonancia para ver como avanzaba el pulmón y que tendría que hablar con su compañero para tratar de quitar el respirador a ver como reaccionaba.

Una vez salieron de la habitación, mis lágrimas salían de mis ojos cerrados, no quería ver mi presente, todo a mi alrededor se estaba desmoronando y yo no tenía fuerzas. Sentí la puerta abrirse, alguien acercarse y tocarme la mano con fuerza. Era Desi. Se había deshecho de Mario y volvió a colarse en la habitación, seguramente con el enchufe de ser la hermana del médico.

—Abre los ojos porque sé que estás despierta, te delatan tus lágrimas, lo que no sé es cuánto has escuchado.

No me quedó más remedio que abrirlos y vi que en los suyos también había lágrimas y dijo:

—Lara, cierra los ojos si has escuchado toda la conversación. —Los cerré y al abrirlos dijo:

—¡Dios mío, Lara! Sé el dolor que estás sintiendo, tus ojos me lo dicen, ¿Recuerdas todo lo que pasó? Sabes que Mario también estaba allí, ¿verdad? Lo veo en tus ojos.

Los volví a cerrar para que supiera que sí y mis lágrimas volvieron a brotar. Ella me calmó con sus palabras llenas de amor.

—Lo primero es tu recuperación y luego vendrá lo demás.

Sabía que ella siempre estaría a mi lado. Y para cambiar de tema me dijo:

—Tengo que decirte algo que no puede esperar y tienes que aceptar. No me puedes decir que no, no hay opción, Rubén me ha pedido que me case con él de la manera más tradicional, con una rodilla en el suelo, en una mano una cajita con un anillo precioso y en la otra un ramo de rosas rojas con 27 capullos, uno por cada mes que llevamos juntos. —riendo volvió a comentar—. ¡Ah! También tengo que decir como anécdota graciosa, que en toda esa pedida mi hermano estaba presente de carabina. Antes de aceptar tuve que pedirle permiso a él para que diera el visto bueno, a la antigua, vamos. ¿Quieres ver el anillo?

Me lo acercó para que pudiera verlo y siguió:

—Sé que no es el momento más adecuado para proponer esto, pero quiero que seas mi dama de honor y mi testigo. No hay otra persona que pueda ocupar ese lugar.

Ella me dijo todo esto mirándome a los ojos para ver cuál era mi reacción, pero yo solo sabía llorar, esta vez era de alegría por ella. Se merecía ser feliz, era una bella persona y amiga, la mejor que había tenido. Al ver mis lágrimas me dijo:

—¡Espero que estas sean de alegría porque si no tendremos problemas tu y yo!

Cerré los ojos para indicarle que sí, y la puerta se abrió. Los volví a cerrar, intuía quién podría ser de nuevo y no quería verlo, todavía no. Ella se dio cuenta en cuanto volvió la cara y vio que ya no los abría.

—Entiende que quiero saber cómo está, sigue siendo mi pareja.

—Te lo voy a explicar todo, pero no vuelvas a decir que es nada tuyo.

Le dijo a Mario que estaba todavía sedada y por eso no me movía ni nada, él le preguntó que cual era mi gravedad y ella le informó de todo, y volvió a entrar alguien que dijo:

—¡Sé lo que piensas de mí, pero déjame verla, le debo la vida!

Esto no podía estar pasando. ¿Qué hacía ella aquí? No la quería cerca, era la segunda vez que me alejaba de Mario y eso ya no podía permitirlo, la quería fuera de mi vida, bueno, en realidad a los dos. Abrí los ojos con tanta furia que Desi pensó que me iba a levantar. Lo supe porque ella se giró rápido para tranquilizarme y los monitores empezaron a pitar. Las pulsaciones se me habían disparado y de lo nerviosa que me puse me faltaba el aire.

—Fuera ahora mismo de aquí, mirar lo que habéis conseguido con vuestra presencia. Largaos de una vez.

Desi llamó a la enfermera que vino inmediatamente y está a la vez avisó al Doctor. El doctor no venía solo, Óscar también lo acompañaba con cara de preocupación. Saber que estaba allí me tranquilizó. Quería hablarle, quería decirle que no dejaran entrar a esa zorra, que no quería ver a Mario mientras estuviera allí, pero no podía. Mis ojos me ardían de rabia y él me miró para ver cómo estaba. Al encontrarme en ese estado noté su enfado y, dirigiéndose a su hermana, le preguntó:

—Desi, ¿qué ha pasado para que esté en este estado?

—Hemos tenido una visita inesperada.

—¿Puedes explicarte mejor?

—Pues resulta que el impresentable de Mario ha tenido la cara tan dura de presentarse con la magnífica Estela.

Yo me sentía fatal. No podía hablar, nadie me miraba, no podía opinar, así que como pude hice ruido con mi mano, ya me las habían soltado y con gesto pedí una libreta y un lápiz. No sabía si podría, pero lo intentaría. Me lo trajeron y con mil fatigas pude escribir:

No quiero verlos aquí, por favor.

No pude escribir más, estaba débil y no tenía fuerzas, pero ellos entendieron lo que estaba pidiendo.

—Tenéis que entender que no podemos impedir la entrada a nadie, solo que vosotros estéis más pendientes y no deis la oportunidad de que se vuelvan a acercar a ella. Solo puedo informar a los celadores de lo ocurrido aquí para que solo os dejen acceso a tí, que ya te conocen y a tus padres.

—Informaré a sus padres de lo ocurrido y estaremos más atentos, aunque no creo que vuelvan a intentarlo tras ver cómo ha reaccionado.

No podía parar de llorar y Óscar viendo mi estado me regañó de nuevo. Eso no era bueno para mí como ya me había explicado anteriormente y tenía razón porque esta vez sí comprobé que me faltaba la respiración, que me molestaba y dolía el costado. Llamó a la enfermera que inyectó algo en el suero. Al cabo de un rato volví a abrazar a Morfeo.

Cuando desperté, estaban mis padres a mi lado mirándome. Yo no podía hablarles, pero les dije hola con la mano y ellos empezaron a hacer preguntas que yo no podía responder. Al darse cuenta pidieron perdón, pero querían saber lo sucedido y saber cómo me sentía. Habría que esperar. En ese momento entró Derek y mis ojos se alegraron de verlo; venía con su esposa y al ver que estaba despierta pronto los tuve encima de mí.

—No os preocupéis que nosotros hemos tenido la misma reacción al verla con los ojos abiertos. La hemos acosado con preguntas. Pronto vendrán para hacerle unas pruebas y si sale todo bien le irán quitando todas las maquinarias.

CAPÍTULO 16

A los tres días de mi despertar, los médicos, después de revisar una a una todas las pruebas realizadas, decidieron retirar los tubos para ver cómo reaccionaba mi pulmón, en un principio las pruebas aseguraban que todo iba sanando bien. Cuando desperté lo primero que vi fue esa mirada penetrante, ahora ya dulcificada que me observaba expectante. Entonces sí pude hacer un amago de sonrisa porque de tantos días con los tubos metidos tenía la mandíbula muy dolorida.

—Es normal que te duela la mandíbula, poco a poco remitirá el dolor. Te voy a asignar a Clara, es magnífica en su trabajo como logopeda para que te ayude a reactivar tu melodiosa voz y te haga los ejercicios para que el dolor de la mandíbula vaya desapareciendo. Tengo que irme, tengo mucho trabajo. —Y se marchó.

Los días fueron pasando y Óscar venía todos los días a verme, mi duda era si en calidad de amigo o como médico, porque a mí no se me había olvidado el beso aquel que me dio en el balcón y la confesión de la que nunca hablamos y que a pesar de estar aturdida recordaba perfectamente. Cuando estaba a mi lado me sentía protegida. Quería hablar con él, pero siempre venía acompañado de alguna enfermera. Notaba como las más jovencitas le miraban y como intentaban llamar su atención. Reconozco que algunas eran bien guapas y su cercanía y sus toqueteos disimulados me ponían de los nervios. Notaba como él no les prestaba atención, y eso me gustaba, mostraba indiferencia. No quería reconocer que sentía celos, aun sabiendo que él no era nada mío.

Llegó el día en que me dieron el alta, ese fue uno de mis peores momentos porque eso significaba volver a casa y enfrentarme a Mario. No estaba preparada para eso.

Las condiciones eran que no podía hacer ejercicio de momento. No podía alterarme mucho, todavía me ahogaba un poco, tenía que volver todos los lunes para una revisión. Lo que más me extrañó fue que la revisión me la hacía Óscar. Yo no entendía nada, pero, ¿qué hacía él trabajando allí? Desi nunca me había dicho nada, claro que yo tampoco preguntaba por él. Pensé que había pedido a los médicos intervenir en la operación como si fuera un familiar.

Desi estaba ayudándome a recoger las pocas cosas que tenía y le dije:

—No me apetece nada volver a casa, no estoy lista para enfrentarme a Mario, pero no tengo otro sitio donde ir.

Ella se giró y le preguntó a Óscar, que al parecer había entrado. Estaba tan sumida en mis pensamientos que no lo había oído, y no sé hasta qué punto había escuchado la conversación, pero a estas alturas ya no me importaba.

—Eso no es ningún problema, te vienes a casa conmigo.

—No me puedo ir a Alicante.

—Desi, ¿aún no le has dicho que vivo aquí en Madrid?

—Teníamos otros temas más urgentes de los que hablar y no caí en ese, la verdad.

Lo miró dudando de su respuesta, pero no insistió.

Yo estaba alucinando, irme a casa con Óscar, pero, ¿qué hacía él en Madrid? En algún momento tendría que explicármelo. Tanto insistieron que aceptó, pero solo por dos días, para tomar fuerzas, y poder enfrentarme a Mario.

Nos montamos en el coche y nos encaminamos a su casa, pero en el trayecto me fui dando cuenta de que estaba a tan solo dos calles de mi piso. Estaba tan nerviosa pensando que íbamos a estar solos que no le di mucha importancia. Pensé en las casualidades de la vida y por otra parte no sabía si Desi se quedaría con nosotros o se iría, pero en cuanto nos quedáramos solas, se lo preguntaría. Aparcamos sin problema, tenía plaza en el garaje y subimos al ático. Era muy espacioso, tenía mucha luz y una gran terraza, las vistas eran maravillosas.

Desi se fue directa a la cocina, era la hora de cenar, mientras Óscar me fue enseñando el piso para que supiera donde estaba todo y me llevó a la habitación de invitados que Desi más tarde me ayudó a preparar. Una vez acomodada y la cena hecha, salimos a la terraza. Hablamos de todo un poco. Yo no quise hablar mucho, me seguía doliendo la garganta, así que más que hablar me dediqué a observar y escuchar. Veía la buena química que había entre los hermanos. Entendí que casi me considerara como de la familia, pero el recuerdo de ese beso no podía olvidarlo. No era como los de Mario, este todavía lo podía sentir a pesar del tiempo transcurrido.

No me dejaron ayudar a quitar la mesa, era la invitada y la verdad que lo agradecí. Al quedarme sola me adentré en mis pensamientos y me perdí en aquellas vistas tan hermosas. Cuando volví en mí, no me di cuenta de que tenía a Desi a mi lado mirando también en dirección a las vistas. Me giré en busca de Óscar, pero este no estaba por ningún lado. Ella se dio cuenta y me dijo:

—Estamos solas, mi hermano sabe que necesitamos hablar y no ha hecho falta decir nada. Está descansando y se ha ido a mi habitación que es la más alejada, es todo un caballero.

Nos echamos a reír las dos, ya me olía yo la pregunta que venía ahora, pero era el momento de desahogarse y ella era la persona adecuada y la única en quien confiaba.

—¿Qué piensas hacer con Mario?

—Yo creo que eso está claro. Mira, Desi, las cosas ya no estaban bien, hacía tiempo que nos tratábamos como amigos, no teníamos relaciones como pareja, no era por mi parte, yo lo intenté todo, pero él lo quería así. Ya no me buscaba, apenas nos veíamos y yo intuía que pasaba algo —Dolía ver como había sido engañada de nuevo—. Nunca pensé que sería otra vez con Estela y para eso ya no hay perdón ni para él ni para ella. No quiero escuchar sus excusas, estos meses han sido infernales para mí, me echaba la culpa por todo y ahora, pensándolo fríamente y si te soy sincera, para ser el primero con el que he estado, he revivido la misma secuencia demasiadas veces. De momento no quiero saber nada de chicos.

—Lara, no te cierres al amor, solo hay que encontrar al adecuado. No juzgues a todos por igual, hay excepciones y yo encontré uno, ahora tienes que encontrarlo tú.

—Tiempo al tiempo, está todo muy reciente.

Nos echamos a reír las dos y me giré, no sé porque sentí que alguien nos miraba, pero no vi nada.

—Creí que era tu amiga, Lara, no sé porque no me has contado todo lo que te estaba pasando, pensé que todo iba bien.

—Para que te iba a contar nada. Tú te preocuparías por mí y no podías hacer nada. Yo me centré en mi trabajo y tengo que confesar que mi compañero también me ha servido alguna vez que otra de paño de lágrimas.

—¿Me has sustituido por Dereck? Siento decirte que me has decepcionado.

—Nunca te sustituiría por nadie. No seas tonta.

—No pasa nada si conoces a gente con la que te sientes bien, eso es bueno para las dos, porque así yo también los conoceré.

—Me encanta cuando le sacas el lado bueno a todo.

—Te aseguro que a las despedidas no les saco ese lado todavía. Mañana tengo que irme, tenemos muchas cosas que preparar para la boda y Rubén solo libra dos días a la semana. Sé que te dejo en muy buenas manos. Prometo volver dentro de dos semanas en cuanto tenga el salón, la fecha y el piso.

—¡Cuánto me gustaría poder ayudarte y estar en estos momentos contigo!

—No te preocupes, Rubén es muy apañado, quiere hacer las cosas bien, pero me ha pedido que por favor no lo pospongamos más. Llevo casi dos semanas aquí, no me quería ir hasta verte recuperada, no estás para echar una carrera, pero por lo menos estás viva y con nosotros.

No sé qué haría sin ella, eso sí es ser una buena amiga, es más, casi mi hermana. Nos abrazamos y estallé:

—Lo siento.

No podía más, todo esto me superaba y me eché a llorar. Me dio sus brazos para cobijarme, parece que estaba esperándome, sabía que estallaría en cualquier momento, eran muchas cosas que asimilar, y allí estaba ella, siempre estaba ella. Pasado un rato en el que ella vio que ya me estaba calmando, me fue separando despacio para mirarme a la cara y decirme:

—Esta no es la Lara que yo conozco. Mi Lara es la que está siempre riendo, alegre y radiante, no esta muchacha que tengo delante, destrozada, apagada y sin ganas de vivir. Quiero que vuelva la fuerte, la luchadora y la súper poli. A mi vuelta quiero ver algo de la que eras.

Y me abrazó con todas sus fuerzas. Ella sabía que me encantaban esos abrazos, eran muy reponedores, necesitaría muchísimos para poder sanar mi corazón tan herido.

Nos fuimos a descansar, el día había sido largo. Caí rendida en la cama. Comenzó un sueño que era tan real que desperté con un gran chillido. Cuando abrí los ojos allí tenía a Óscar a mi lado con cara de susto, pensando que me había pasado algo.

—Solo ha sido un mal sueño.

El me abrió sus fuertes brazos y me cobijé en ellos, los de Desi me reconfortaban, pero estos me transmitían algo que no sabía explicar, me hacían sentir completa. Pegué mi cara contra su pecho y los latidos de su corazón me fueron calmando. Sin saber cómo me quedé dormida otra vez. Cuando desperté, le busqué a mi alrededor, pero estaba sola. No sabía si era otro sueño más o había sido verdad que había estado allí. El olor a café recién hecho me hizo levantarme de la cama, pero al salir e ir a la cocina solo me encontré con una muchacha que no conocía de nada.

—Perdona, creía que era mi amiga.

—La señorita Desi se ha marchado ya. Me ha dicho que le dijera que le perdones por no despertarte. Que pronto se volverán a ver.

—Gracias.

—¿Qué quiere desayunar?

—Un café y una tostada estará bien, gracias.

Era la limpiadora que venía dos veces por semana. Óscar le había informado de que hoy tenía invitada y que estuviera pendiente de mi en lo que necesitara. Una vez desayuné, me vestí. Necesitaba aclarar de una vez por todas las cosas con Mario. Me había pedido una segunda oportunidad y me la había vuelto a jugar y con la misma baraja.

Al llegar al piso todo estaba en silencio, fui al dormitorio donde lo encontré todo desordenado. Escuché ruido en el cuarto de baño, giré la cara y me encontré a Mario semidesnudo en el marco de la puerta, acababa de salir de la ducha. Su cuerpo era admirable, pero a mí ya no me impresionaba esa fachada. Intentó seducirme de nuevo, sabía que su cuerpo me ponía a cien, pero esta vez no funcionó. Cuando vio que todo lo tenía perdido se sentó a mi lado y yo con toda la tranquilidad que podía, aunque por dentro estaba que me moría de tristeza, le dije:

—Mario, he venido en son de paz. No quiero peleas, ni voces. Sabes por lo que acabo de pasar y no quiero más problemas. Solo te pido que me digas que es lo que pasó, en qué he fallado, qué es lo que nos ha pasado.

—No quiero hacerte daño, yo te quiero mucho, nunca pensé que Estela volvería, bueno, que yo... Lo siento, lo siento muchísimo.

—No quiero tu lástima, quiero la verdad.

—Estaba haciendo un trabajo en la gestoría para su agencia y me invitaron a una fiesta, de esto hace unos tres meses, en la cual acudieron todas las modelos, fotógrafos y nuevos famosos. Yo estaba un poco fuera de lugar, pero de pronto alguien me tocó la espalda, era ella. La noche fue pasando, ella me fue contando cómo le había ido todo desde lo que pasó en el pueblo y, poco a poco, nos fuimos separando del grupo para poder hablar más tranquilos. Ella estaba bellísima, más simpática y me daba la impresión de que había cambiado. La veía muy segura y me gustó.

—Sigue, quiero saberlo todo.

—Me llamaba para comer, cenar o para que la acompañara a algún casting o pasarela. Yo al principio me negué, le dije que estaba contigo, pero ella con su belleza y artimañas me decía que estaba sola, que no tenía en Madrid a nadie y yo me dejé llevar. Siempre le dije que era en calidad de amigo, que yo ya tenía a mi pareja. Pero tanto fue el cántaro a la fuente que al final se rompió y me dejé llevar por lo que un día sentí por ella. Sabes que nunca he valorado el físico, pero...

—Te volvió a engatusar a su antojo y tú te dejaste, no hay más historia. ¿Qué sientes por ella en este momento? ¿Por qué no me dijiste antes nada? ¿Sabes el daño que me estás haciendo? ¡Es la segunda vez! ¿En qué te he fallado? ¡Te lo he dado todo!

—No, Lara, tú no has sido, he sido yo el que he vuelto a fallar, tú eres perfecta.

—Perfecta, pero no para ti.

Ya no podía aguantar más allí, me estaba ahogando y le dije:

—Ya vendré a por mis cosas, te puedes quedar con este piso, yo me mudaré a otro, no quiero vivir entre recuerdos. Te deseo lo mejor, que seas feliz con tus decisiones, a mí ya me has destrozado la vida dos veces, solo espero que Estela no te la destruya a ti, sino sentirás el dolor que yo he vivido a tu lado.

Y sin mirar atrás salí de la habitación y me marché. El aire de la calle me vino muy bien, pero al llegar a la esquina me eché en la pared y ya no podía aguantar más. Dejé que mi rabia y mis lágrimas cayeran como cascadas. Empecé a caminar sin rumbo, sin pensar, y acabé en el Parque Del Retiro. Me senté en una zona que no era muy transitable y allí di rienda suelta a mi tristeza. Cuando me di cuenta se estaba haciendo de noche, se me había pasado el almuerzo, pero en realidad no tenía ganas de comer, solo llorar, me sentía vacía e inútil. No sabía qué hacer ni qué camino tomar, estaba desorientada. Sumida en mis pensamientos y mirando a un punto fijo, pude relajar la mente, El sonido de mi móvil me sacó de ese trance. Era Desi, que no me dejó ni decir siquiera hola, nunca la vi tan alterada.

—¿Se puede saber dónde estás? Óscar me ha llamado dos veces. No has ido a comer y ahora no te localiza, le di tu móvil. ¿Por qué no se lo coges?

Esto me superaba, no estaba para regañinas de nadie, solo quería estar sola, solo le pude decir *Desi, lo siento, adiós* y colgué. Desconecté el móvil, y me adentré en una zona del parque donde había más árboles, me senté en el tocón de uno.

Cuando desperté tenía una luz en mi cara, estaba completamente helada, no sabía la hora que era ni quien me estaba apuntando con una linterna que me dejó completamente ciega. Me rodearon con una manta y me cogieron en brazos, no les reconocí hasta que salieron a la luz: era Derek y Óscar. Me habían estado buscando toda la tarde, no me dirigieron la palabra, ellos se despidieron y Óscar me metió en el coche hasta su piso.

Cuando llegamos me volvió a coger en brazos, su cercanía me erizaba el vello, su olor a hombre me excitaba, su calor me encendía, pero cuando miré a sus ojos vi su enojo, agaché la cabeza, la pegué a su pecho y no dije nada. Me preparó un baño bien caliente, que agradecí, no podía mover las articulaciones, las tenías congeladas. Fui entrando en calor poco a poco. Cuando vio que ya estaba mejor, me dejó sola y se marchó.

No sé por qué me sentía tan mal, no había hecho nada, solo quería estar sola, me metí en la cama y me dormí, pero ese silencio no me gustaba. Llamaron a la puerta y sin esperar contestación entraron. Me desperté sobresaltada, pero no dije nada. Me traía un vaso de leche con miel calentita con una tostada, pero, ¡que atento! Con su hermana era igual, solo que a ella aquellos ojos no la intimidaban y ahora, eran más que eso, casi me aterraban, me estaban diciendo lo que él no se atrevía a decir, aunque pensándolo bien, tampoco era el momento. No me dirigió la palabra, solo observó hasta que me lo comí todo, recogió la bandeja, me dio unas medicinas, esperó a que me las tomara y se marchó. Pero, ¿qué le pasaba? No entendía nada, ¿a qué venía ese comportamiento? Sumida en mis pensamientos me quedé dormida y, esta vez, muy calentita.

Me desperté con el olor a café, pero pensé que sería la asistenta y no tenía ganas de ver a nadie desconocido y menos con estas pintas. Tenía los ojos muy hinchados de tanto llorar, unas ojeras increíbles y los pelos de una loca. Llamaron a la puerta y sin preguntar si se podía, la abrió; era Óscar, pero esta vez venía con un estetoscopio.

—Buenos días, voy a ver cómo está tu pulmón. Espero que lo de ayer no haya provocado alguna alteración en la recuperación.

No dijo nada más, y yo como una niña a la que acababan de regañar me dejé hacer. Me subió la camiseta, me auscultó y comprobó que, de momento, todo iba bien. Se levantó y se dirigió a la puerta, me levanté corriendo y me interpuse para que no pudiera salir. Quería saber qué pasaba, porque me trataba así, porque no me hablaba, me hacía sentir muy mal.

—Óscar, no te vayas. Necesito hablar contigo.

—No tengo mucho tiempo, tengo guardia y si no me doy prisa, llegaré tarde. —Y salió, no sin antes volverse, mirarme a los ojos y decirme un poco más calmado—: A la vuelta hablamos.

Se marchó. Entendí el mensaje, sería una conversación larga, me tiré a la cama, solo me apetecía cerrar los ojos que de tanto llorar me quemaban. Me despertaron los golpes en la puerta, di permiso y entró, era él. Miré el reloj y no me lo podía creer, eran las once de la noche, otro día sin comer y lo peor sin tomarme las medicinas que tocaban. Ya eran dos, sé lo que me esperaba al lado de un protector como Óscar y para colmo, médico. Cuando vio que estaba igual que cuando me dejó, sus ojos echaron chispas y dijo:

—No voy a dejar que te hagas esto, así que dúchate y cuando estés lista, ven al salón.

Hice caso sin rechistar, me sentía como cuando de chica me regañaba mi padre. No tenía ánimos para eso, ya era mayorcita. Cuando llegué al salón, un olor estupendo lo impregnaba todo. ¿Era Óscar el que estaba cocinando? No me lo podía creer, salió de la cocina y ordenó con gracia:

—Pon el mantel en la mesa de la terraza, hace buena temperatura y quiero admirar las vistas.

Así lo hice, comenzamos a traer las cosas: de primero un consomé que me vino de perlas, tenía el cuerpo vacío después de dos días sin probar apenas bocado. De segundo un bacalao con picadillo de jamón, tomate, cebolla y ajo. Estaba todo buenísimo, pero con el consomé ya tenía bastante. Tenía el estómago demasiado lleno. Él lo entendió y me alcanzó las medicinas. Solo habíamos hablado del tiempo, como se suele decir, pero a partir de ese momento en que se me habían olvidado tomar las medicinas, empezó a hablar de lo que tanto me estaba temiendo.

—A ver, Lara, ya somos los dos adultos para saber lo que está bien y lo que está mal, pero no puedes olvidar las medicinas. Has tenido suerte de que la bala solo rozara parte de tu pulmón y no creo que sea justo que ahora tú, con la pena y eso de querer dejarte vencer por la tristeza, des lugar a una nueva infección que te puede ocasionar muchísimos problemas. —Sus ojos brillaron por un momento y se tornaron más dulces. —Yo no soy quién para decirte nada, pero si algo me gustó en su momento de ti, fue tu sonrisa, tu alegría y vitalidad. Y ahora te estás dejando morir en vida cuando has estado a punto de morirte de verdad. La vida te está dando una segunda oportunidad que estás desaprovechando por alguien que no ha sabido valorarte, ni como mujer ni como compañera. Me gustaría ver a la mujer de la que me enamoré el primer día que la vi.

Esas palabras me hicieron reaccionar y alcé mi cara para mirarlo, pero como siempre, esos ojos me intimidaron y bajé la cabeza. Pero esta vez la volví a subir, quería respuestas y le mantuve la mirada, esa que me hacía vibrar y me removía mis entrañas. Llegó la hora de aclarar las cosas:

—¿Me estás diciendo lo que creo que me estás diciendo?

—Sí, Lara, soy muy mayor para estar con chiquilladas y andar con rodeos. El día en que te vi en casa me enamoré locamente de ti. Me mantuve al margen porque eras la mejor amiga de mi hermana y la estabas haciendo muy feliz, de hecho, le salvaste la vida, que te estaré eternamente agradecido. La edad para mí no es problema, pero tú eras en ese momento muy joven y tenías que vivir tu vida, aunque yo solo fuera un espectador.

—Pero siempre he sentido tus miradas con odio y coraje.

—Mis miradas de odio, como tú dices, no eran por ti, sino por mí, por no saber contener lo que sentía cuando estabas cerca de mí. Me odiaba por ello, pero no lo podía evitar. El día del baile en el *pub* fue un impulso que no pude contener. Acabábamos de salir de trabajar y llegamos allí de casualidad y al verte tan sexi y guapa, rodeada de tus amigos, los celos me cegaron y quise marcarte como si fueras mía, pero tu cercanía y tu inocencia me hicieron pensar cosas que no debían pasar. Tú te pusiste a bailar de forma sensual y tuve que irme, si no te hubiera hecho el amor allí mismo.

—¿En todo este tiempo no has estado con nadie?

—Claro que sí, pero ninguna ha conseguido hacerme sentir lo que tú has hecho con solo un beso. El beso de aquel día fue más que un beso. Eras para mí el manantial que calmaría la sed que tenía de ti y no pude resistirme, necesitaba beber de esos labios. Tenerte tan cerca y no poder tocarte me vuelve loco, verte en esa cama me ha hecho ver que no puedo estar sin ti, que no quiero perderte. Que te quiero a mi lado.

—Yo no sé qué decirte, yo... —sus ojos me callaron y sus labios sellaron los míos con un beso sincero, tierno, corto, pero lleno de sentimiento.

—Se que sientes algo por mí, aunque no me lo digan tus labios me lo dicen tus ojos y tu cuerpo cuando te miro o te rozo. Me gustaría saber si tengo alguna posibilidad de estar contigo.

—Acabo de salir de una relación, ya sabes la historia. No sé si estoy preparada para comenzar otra.

—No tengo prisa, solo déjame estar a tu lado. —sus ojos me convencieron y afirmé con un leve movimiento de cabeza.

—¿Estás trabajando en ese hospital? De no ser así, no me explico... —Esto último lo dije más para mis adentros que para él.

—Cuando pusiste tierra de por medio, llegó un momento en que me estaba volviendo loco. Me llamaron del hospital para ayudar a un colega con varios trasplantes, soy bueno en lo mio. Mi hermana me impulsó para que viniera y la cosa en el trabajo se alargó algo más. Busqué piso y qué mejor que uno cerca del tuyo para poder verte, aunque fuera de lejos. Tengo que reconocer que me comporté como un chiquillo. Cuando vine estabas viviendo con Mario y no quise meterme en la relación y me he mantenido al margen. He respetado tu decisión y no meterme en medio, sé que tres son multitud.

—¿Lo dices por algo en especial?

—Yo también he tenido un pasado, Lara. He sufrido en mis carnes lo que acabas de pasar con Mario, solo que yo los encontré retozando en mi cama y no hubo segundas oportunidades.

—Lo siento, no sabía nada.

—No tenías por qué saberlo, mi vida es solo mía y a nadie le importa.

—¿Y por qué me lo cuentas?

—Porque quiero que seas parte de mi vida. Ha sido toda una coincidencia que el de la ambulancia te llevara a mi hospital, es como si la vida nos diera una oportunidad y si me dejas, te cuidare toda la vida. Yo no podía creer lo que estaba oyendo, notaba una cierta tensión cuando estábamos juntos, pero siempre creí que era cierta antipatía hacia mí. Que simplemente no le caía bien y no me podía ver. Yo sentía algo que no sabía cómo definir, solo que era muy distinto a cuando estaba con Mario. La atracción era más fuerte. Jamás pensé que llegaría a fijarse en mí hasta el día del beso. Nunca pensé que me lo diría tan claro y sin tapujos. Eso me demostraba que era un hombre seguro, que sabía lo que quería. Estaba completamente alucinada con lo de venir detrás de mí a vivir a Madrid y que la loca de Desi lo hubiera empujado a hacerlo. Eso decía mucho de él. Con razón sentía esos ojos sobre mí, no estaba loca, es que le sentía aún sin saber que estaba allí. No me salían las palabras. Me había gustado mucho lo que acababa de oír, pero acababa de terminar una relación de una forma muy desagradable y no estaba preparada para comenzar otra, estaba dolida y me sentía vacía.

—Lara, no quiero que me digas nada, sé por desgracia cómo te sientes. Tuve un pasado algo parecido al tuyo y no te quiero presionar, solo quería que lo supieras, que estoy aquí y que no tienes por qué sentirte vacía. Hay mucha gente que te quiere, él no a sabido apreciar lo que tenía y déjame decirte, que bien tonto que ha sido.

No pude evitar que los ojos se le llenaran de lágrimas, e intenté decir algo, pero no me salía la voz, el nudo en la garganta me lo impedía.

—Llora lo que quieras, pequeña. Aquí me tienes para todo y hasta que tú quieras. Solo te pido estar a tu lado, no me voy a alejar de tí hasta que tú me lo pidas.

Estaba hecha todo un mar de dudas y en un baño de lágrimas, pero al ver sus brazos abiertos para mí y esos ojos que me miraban como pidiendo que los aceptara, no dudé un minuto, y me cobijé en ellos que, junto a los latidos de su corazón, estaba comenzando a ser mi sitio preferido. Una vez me calmé, con toda la tranquilidad del mundo, me dijo:

—Ahora lávate esa linda cara y prepárate que vamos a salir.

—Pero Óscar, no tengo ganas de...

—Tranquila, solo es un paseo por el parque. Te vendrá muy bien caminar, despejar tu mente y dejar la pena por un momento a un lado. No me gusta verte así, me duele ver tu tristeza y no voy a dejar que te hagas esto.

Casi en un susurro dije:

—No lo hagas, aunque te lo pida.

Pensé que no lo había oído, pero sí y en sus labios se curvó una sonrisa tímida. Sabía que de alguna manera le estaba diciendo que le quería a mi lado.

Fui al baño a arreglarme un poco. Óscar esperaba en el balcón viendo la ciudad, se volvió para mirarme, caminó hacia mí, me cogió de la mano y salimos a la calle. Hacía una temperatura estupenda que animaba a caminar. Cerca había un pequeño parque por el que paseamos hablando de nuestros trabajos, compañeros y de la futura boda de Desi. Cada paso a su lado me sentía más a gusto y más animada, era muy fácil hablar con él, solo pedía mi compañía, según me dijo le gustaba ver mi sonrisa y mi presencia.

Fueron pasando los días, me estaba recuperando tanto de la herida de la bala como la del corazón. Los paseos por la noche se volvieron diarios, siempre que el horario de Óscar lo permitía, pero la cosa fue a más, ya no solo eran los paseos: cuando él tenía turno de noche sacaba tiempo para llevarme al cine, o tomar café. No tenía que ser por la noche, a cualquier hora se inventaba algo para estar cerca de mí y estaba contando las horas para ver a donde me iba a llevar al día siguiente.

Una tarde me llevó a un lugar romántico casi de ensueño. Era una pequeña cabaña reformada y convertida en un bar muy acogedor al lado de un lago. Tenía unas vistas maravillosas y era un lugar magnífico, fuera del estrés de la ciudad. Nos montamos en unas de las barcas que había en la orilla y Óscar se quitó la chaqueta que llevaba, se quedó con una camiseta de tirantes que marcaban unos músculos que quitaban el hipo y no me pude callar.

—¿Siempre has estado así de fuerte? —Su risa sonó como música celestial para mis oídos. Nunca lo había notado tan tranquilo y seguro.

—Me apunté a un gimnasio. Aquí tenía pocas cosas que hacer. No te voy a negar que también lo hacía porque me gusta mantenerme en forma.

Anclamos al otro lado de la orilla, bajamos y me dijo:

—¿Confías en mí?

—Sí.

—Cierra los ojos y dame tu mano. Solo tienes que dejar que te guíe.

Mi corazón empezó a latir. Por supuesto cerré los ojos y le di mis manos. Me llevó por un sendero de piedrecitas. Sacó algo del bolsillo, abrió una puerta y me dijo que abriera los ojos.

—¡Oh! Óscar, ¡qué bonito!

Era una pequeña cabaña de madera. Tenía una pequeña cocina, una chimenea que estaba encendida y a un lado una cama de matrimonio. No podía creer lo que mis ojos veían. Las manos de Óscar rodearon mi cintura y dándome la vuelta despacio fue bajando su boca hasta llegar a la mía. Yo no quería pensar nada, solo quería sentir, sentir el amor que me ofrecía. Sin darme cuenta se había convertido en alguien imprescindible para mí. Todos mis pensamientos eran para él. Contaba los minutos que quedaban hasta que él volvía del trabajo. Ese beso fue dulce y lento, tuve la sensación de que estaba saboreándolo por si no le dejaba que me besara más, pero no fue así. ¡Dios! ¡Era el mejor beso que me habían dado nunca! Las mariposas comenzaron a revolotear. No tenían nada que ver a los que Mario me había dado, estos eran… perfectos. Sus manos acariciaban mis caderas, y cada caricia era una corriente que iba directo a mi monte. Los besos iban subiendo de intensidad. Él se fue separando porque sabía tan bien como yo lo que estaba pasando, que nuestros cuerpos estaban pidiendo más, pero no le dejé. Lo deseaba tanto como él, aun así, separó nuestras bocas para poder decirme:

—Lara, no quiero que esto sea forzado, quiero que tú lo desees tanto como yo, que…

No le deje seguir, me abracé a él y comencé a besarle con pasión. Con cariño. Con amor. Con deseo. Nos besamos hasta recorrer cada centímetro de nuestras bocas. Fue subiendo sus manos despacio desde mi cintura hasta llegar a mis pechos, casi pidiendo permiso. Me retiré un poco de él para poder quitarme la parte de arriba, de esta manera le confirmé que podía hacer lo que quisiera con ellos. Mostrarme ante él me daba un poco de pudor, pero el deseo ganó esa batalla. Sus labios buscaron mis pechos, que mordía y saboreaba despacio, disfrutando cada roce. Fue rozando con su nariz cada centímetro de piel e iba dejando dulces besos a su paso mientras se iba deshaciendo de la poca ropa que me quedaba. Yo también necesitaba tocar su piel, besarla y comencé a quitarle despacio cada prenda e imitando sus movimientos. Dejé besos por cada pedazo de piel descubierta. Una vez quedamos desnudos, me cogió en brazos sin separar nuestros labios y me soltó en la cama lentamente para no lastimarme. Siguió besándome y deleitándose con mis pechos, lo que me hizo percibir cada roce en lo más profundo de mi cuerpo. Me excitó desmesuradamente, y subí a cielos inexplorados para mí. Cada caricia me hacía sentir más segura, más feliz. Esa tristeza que tenía en el corazón iba desapareciendo y fortaleciéndose a marchas forzadas. Sentía que ese amor que él me daba era verdadero. Llegó hasta mi clítoris, tocándolo con una maestría que no quería ni pensar cómo la había adquirido ni con cuántas. Estaba a punto de estallar cuando lo paré en seco, no quería correrme así, quería sentirlo dentro. Él lo entendió y con un preservativo que se había puesto se encaminó a adentrarse en mí, a llenar mi espacio vacío y fundirnos en uno. Fue entrando muy dulcemente y sus ojos tan intimidantes ahora transmitían un amor que nunca había visto en ellos. Me daban una seguridad que me hacía más fuerte. Entró despacio la primera vez, pero la segunda me embistió de golpe. No esperaba esa entrada que me hizo llegar casi al límite. Quería más, pero se mantuvo quieto.

—Lara, quiero que dure un poco más, no seas impaciente, no estoy preparado todavía.

Aquella pausa me estaba matando, pero una vez me fui calmando, empezó con sus movimientos. Al principio eran lentos, pero fuertes; nuestras respiraciones se iban haciendo más fuertes, él iba intensificando las embestidas. Al final llegamos al clímax al mismo tiempo. Nuestros Cuerpos temblaron sin dejar de tocarse y besarse con ardor. No había duda de que sabía muy bien lo que hacía y a mí me estaba arrastrando con él. Nos quedamos abrazados y cerré los ojos, me quedé dormida en un sueño tan placentero y reconfortante como hacía tiempo que no tenía.

Los besos de Óscar me despertaron y me aferre a él con miedo, miedo a que solo fuera un sueño y perder lo me hacía sentir, miedo de volver a la tristeza que había sentido mi corazón y a lo que estaba sintiendo ahora. Quería aprovechar lo que Óscar me daba, pero me vinieron las dudas, ¿Y si solo era un entretenimiento para él? ¿Y si me dejaba por otra? Si eso pasaba, me podría destruir. Se había metido tan rápido en mí corazón que me aterraba. Sus ojos no paraban de mirarme, como leyéndome la mente, dijo:

—Deja de pensar tonterías, tus ojos son un libro abierto para mí y me están diciendo que temes que me vaya y te deje. Déjame decirte que, si tú no quieres, nunca me iré. Eres mía, mi media naranja, te he estado esperando mucho tiempo como para dejarte ir, eso no lo haré ni ahora ni nunca. Sé que es pronto para decírtelo, pero es lo que siento. ¡Te quiero, Lara! ¡Tú completas mi corazón! Lo sé desde el día en que te vi.

Me besó con ternura, pasión y deseo. Fue un beso de los que te llenan el alma y te hacen la mujer más feliz del mundo, así era como yo me sentía en ese momento. Cuando se separó de ese beso, le miré a los ojos y dije:

—No me dejes nunca porque yo también te quiero y temo que también fue desde el primer día en que te vi, pero nunca creí que fuera posible estar juntos.

Agaché la cara, me daba vergüenza haber dicho eso con sus ojos mirándome, pero no me dejó y me dijo:

—Nunca más te avergüences de decirme lo que sientes. Mírame a los ojos, nunca me prives de verlos, ellos me dicen más cosas de las que dice tu boca, ellos fueron los que me enamoraron porque me dejaron ver la persona que eres.

A las ocho llamaron a la puerta, me asusté, no entendía quién podría ser, nadie sabía que estábamos allí. ¿O sí?

—Nos traen la cena. Me gusta su puntualidad.

Lo había planeado todo muy bien. La cena estaba exquisita: de primero un consomé y una ración de gambas al cartucho para picotear. Sabía que me encantaban y que estaban para chuparse los dedos, cosa que hice a pesar de sus burlas. De segundo lomo al jerez con guarnición; para el postre, cómo no, fresas con nata y champán. Vamos, lo más romántico que podía imaginar.

Todo era magnífico. La noche fue como un sueño inolvidable. Hablamos y reímos, nos besamos y bailamos a la luz de la hoguera y las velas e hicimos el amor una y otra vez hasta saciar nuestra sed. Cuando desperté, ya estaba vestido y tenía el desayuno preparado. Se acercó a mis labios que besó dulcemente y dijo:

—¡Vamos dormilona, tienes que comer y tomarte las medicinas!

Uf... Dios... ¡Pero si se las había traído! Obedecí, desayuné y me las tomé mientras él me miraba con su café en la mano. Una vez acabado, dijo:

—Vístete que vamos a salir, tengo que enseñarte algo.

Como lo tenía todo planeado me encontré con que se había traído mi ropa de deporte con las zapatillas, todo un detallazo, no se le había escapado detalle. Me vestí y una vez acabé bajo su atenta mirada que no se perdía detalle, se acercó a mí y dijo dándome besos:

—Eres tan bella por fuera como por dentro.

Sus besos me ardían, me encendían en décimas de segundos, necesitaba tenerlo cerca, tocarlo y besarlo. Las mariposas querían salirse, Se separó de mí despacio y me cogió de la mano.

—Como sigas así no vas a salir de aquí en un mes. Vamos.

Y nos dirigimos a la puerta. Subimos por un sendero a la cima de la montaña y al llegar me giró para que mirara las vistas y me quedé parada. Era el paisaje más hermoso que había visto en mi vida; desde allí se veía el lago, el bosque alrededor con su verdor, el cielo también estaba azul y los rayos de luz reflejaban en las aguas. Alrededor de nosotros revoloteaban unas mariposas preciosas de todos los colores y de todos los tamaños. Era maravilloso. Me invitó a sentarme junto a él en el suelo. Las vistas, el verdor y sus ojos me hicieron soñar que éramos felices juntos. El me miró con el mismo brillo en los ojos y dijo:

—Lo somos, cariño, lo somos.

Y me besó con todo el amor que una persona puede dar y le entregué mi corazón. Hicimos el amor con ternura y pasión. Nos desnudamos poco a poco, sin dejar ningún lugar por tocar, besando y lamiendo nuestras partes más ocultas hasta fundirnos en una sola. Llegamos al clímax haciéndonos gritar de placer. Me sentí completa a su lado y sabía como hacer que me sintiera mujer y saciarme por completo. Nos abrazamos un buen rato, desnudos en aquel paraje con aquellas vistas, las mariposas que volaban a nuestro alrededor me recordaban las de mi estómago, pero tuvimos que volver a la realidad.

Nos vestimos e iniciamos el descenso despacio con nuestras manos enlazadas. Llegamos a la cabaña a recoger nuestras cosas y paramos a almorzar en el mismo bar.

Me dejó en la comisaría, quería ver a mis compañeros y él se fue a trabajar. Pronto me darían el alta y tendría que volver al trabajo, aunque todos me decían lo mismo: *no tengas prisa, recupérate*. Yo lo estaba deseando, los días en el piso se me hacían eternos. Fui a mi gimnasio y mi entrenadora sabía que tenía que ir despacio. Pasaron los días, me iba poniendo en forma a pesar de que Óscar no estaba muy de acuerdo. Yo creo que me estaba dando largas para no darme el alta, pero al final tuvo que ceder y dármela, ya estaba recuperada del todo.

Un lunes volví al trabajo y recuperé mi vida. Óscar no me dejó buscar otro piso así que ya no insistí porque, la verdad, no me quería ir. Estaba muy a gusto con él y me sentía muy querida y protegida, ese era mi sitio.

Decidimos no contarle nada de lo nuestro a Desi, sería una sorpresa, la fecha de su boda se iba aproximando. Con los preparativos y los nervios no se dio cuenta de nada porque siempre algún arrumaco o palabra se nos escapaba. Tampoco quise alarmar a Óscar con una pequeña sorpresa o duda; llevaba cuatro días de retraso, pero habíamos tomado precauciones, serían solo nervios.

CAPÍTULO 17

Llegó el día tan esperado. Todos los invitados estábamos listos, cada uno sentado en su lugar. El novio, todo un galán, esperaba en el altar. Llevaba el traje en negro con camisa gris muy clarita, chaleco en un gris más subido y corbata negra con un nudo *trinity*.

La entrada de la novia a la iglesia no podía ser más hermosa. La música comenzó a sonar y una voz angelical nos cantó el Ave María erizándonos la piel a todos los presentes. Desi brillaba con luz propia. Tenía un vestido de sirena con manga larga. La espalda era efecto *tattoo* adornada con un delicado encaje tanto en el cuerpo como en el final de la manga donde delicadas piedras cosidas a mano le daban un toque especial. Lo complementó con una sobrefalda de tul para darle el volumen extra y perfecto al vestido. El pelo lo tenía en un moño bajo, rodeado por un tocado plateado en forma de ramitas y florecillas de piedras naturales que le daban un toque floral a juego con su encaje. La primera mirada que se dedicaron salían chispas en forma de corazón. Nos contagiaban con la felicidad y el amor que sus miradas transmitían. La ceremonia estuvo muy emotiva. Óscar y yo nos mirábamos de soslayo, felices por el momento que estábamos viviendo y por ver a Desi tan radiante y feliz. Una vez acabada la ceremonia, mientras los novios se echaban fotos en el altar, salimos a la puerta a esperarlos. El lado de la izquierda estaba decorado con flores, varias velas con alturas diferentes y en el centro un cesto de mimbre con saquitos de arroz lavabo para echar a los novios. Cuando salieron, el arroz volaba hacia ellos con el grito de *viva los novios* y una oleada de besos y felicitaciones los rodearon.

Nos dirigimos al hotel donde se celebraría la ceremonia. Todos los invitados estábamos acomodados en mesas redondas adornadas con centros de flores de todos los colores. Los manteles y la decoración iban a juego con los novios. Mantel en blanco con un camino en negro y blanco a juego con las servilletas. Los platos en blanco con un pequeño adorno en negro. Como centro de mesa un ramillete de flores exóticas de mil colores.

Fue pasando la velada y llegó el baile. Los músicos comenzaron a tocar las notas de *All of me* de John Legend. Era la canción que identificaban a los novios. Desde que se conocieron, siempre que salíamos, rara era la noche que no la ponían en algún *pub* y la hicieron suya. Una vez acabado el baile convocó a todas sus amigas y conocidas para la tirada del ramo que, como por arte de magia, vino directo a mis manos. Yo me reía porque en cierto modo sabía que sería así. La novia buscó a su hermano que reía sin saber que el ramo no podía haber ido a las manos más acertadas. Desi se acercó a su hermano y le pidió que bailara con ella, por supuesto, éste no se negó, era el padrino y un honor bailar con la recién casada. Su esposo, sin dudarlo, me buscó a mí y me pidió un baile que acepté encantada a pesar de que los pies a esas horas ya me estaban matando.

Todo el mundo se animó a bailar, pero cuando menos acordamos, nos habían unido a Óscar y a mí y ellos habían desaparecido como por arte de magia. Nosotros reíamos al ver la hazaña que habían hecho por juntarnos, lo que ellos no sabían era la noticia que le daríamos al día siguiente: ese día era para ellos y no queríamos quitarles protagonismo.

Iba camino de mi silla, ya no podía más, los pies me estaban matando cuando sonó la canción *Para enamorarte de mí* de David Bisbal, la nuestra, y sin dudarlo nuestras miradas se buscaron y, como un imán, nos fuimos acercando el uno al otro. La bailamos como cualquier pareja que se ama, pero no caímos en que era otra trampilla que nos había preparado Desi. Aquí ella se dio cuenta de que pasaba algo, y que era bueno.

Cuando acabó la canción, no nos dimos cuenta de donde estábamos y nuestros labios se buscaron dando lugar a un hermoso beso de enamorados. No caímos en las miradas que teníamos alrededor hasta que la voz de Desi y sus aplausos de emoción nos hicieron volver a la realidad. Éramos el centro de las miradas de casi todos los allí presentes, incluidos mis padres. Desi, sin pensarlo, me cogió de la mano y me llevó corriendo al servicio. Quería saber todo con pelos y señales.

—¡Ve diciéndome todo lo que me has ocultado este mes!

Le relaté todo con pelos y señales ocultándole lo de mi sospecha, esa era para Óscar primero. La cara de Desi era toda alegría, no podía estar más feliz.

—Tanta felicidad no puede ser verdad, me he casado con un hombre bueno que me quiere y me mima con locura. Ahora me entero que mi mejor amiga está con mi hermano que, pensándolo bien, si te casas con él serás mi cuñada —dijo riendo y dándome un abrazo acompañado de saltitos.

—No queríamos decir nada, en este día eres tú la que tienes que acaparar todas las miradas, pero mira, al final nos pillasteis.

—¡Qué bien lo habéis callado!

—Es que tú estabas muy ocupada y nos has facilitado las cosas, porque mira en el momento que has estado tranquila y alerta, lo rápido que te has dado cuenta.

—Yo quería daros un empujoncito porque hacía mucho tiempo, casi desde el día que os presenté, que sabía lo que mi hermano sentía por ti y porque no hacía nada, pero hoy los dos teníais un brillo especial en los ojos y ese brillo solo se tiene cuando se está enamorado.

—Claro, la pista ha sido el brillo de nuestros ojos y no nuestro bcso, ¿verdad?

Nos abrazamos riendo y emocionadas a la par. Nos secamos las lágrimas de alegría y nos recompusimos como buenamente pudimos. La máscara de pestañas había hecho de las suyas tras las lágrimas y volvimos a la velada.

Los minutos pasaban y yo tenía el cuerpo cada vez más revuelto, ya no sabía si era de los pies o de tanta Coca-Cola, pero no acababa de encontrarme bien. La recién casada no me quitaba el ojo de encima, no entendía el porqué. Vi cómo se acercaba con cara de preocupación y me dijo:

—Lara, ¿te pasa algo? Estás blanca.

—Estos zapatos me tienen el cuerpo revuelto, necesito quitármelos y descansar un poco. Estoy algo mareada, será de las copas que me tomé.

Lo dije para despistar un poco, no quería que Desi atara cabos y sacara conclusiones. Si fuera poli sería buenísima. Hoy era su día, no el mío. Buscó a su hermano con la mirada, que con un gesto que hizo, lo tuvo allí en décimas de segundos.

—Llévate a esta terca de aquí, que por aguantar a mi lado, le vas a tener que operar los pies.

Los tres reímos al unísono. Y fue dicho y hecho. Óscar me cogió en brazos para que no diera ni un paso más y nos dirigimos a su casa. Me fue soltando despacio en su cama y con la luz me miró a los ojos y vio la palidez de mi cara. Sacó su faceta de médico:

—¿Qué está pasando, Lara?

—No sé a qué te refieres.

—Por un dolor de pies no se pone uno tan blanco ni se tambalea.

—He bebido un poco y no me ha sentado bien, eso es todo. No creo que haya que darle mucha importancia.

—¡Lara! No mientas que tus ojos no me dicen eso y no has probado el alcohol en toda la noche.

Pero, ¿tan controlada me tenía? Si cuando yo le miraba él estaba hablando con unos y otros, nunca lo pillé observándome...

¿Por qué su mirada todavía me afectaba tanto? Tarde o temprano tenía que decírselo y ese momento había llegado.

—Óscar, no estoy segura de lo que voy a decir, creo que tomamos precaución siempre, pero llevo casi cinco días de retraso y suelo ser puntual.

—Lara, ¿es eso cierto? ¿Por qué no me lo habías dicho antes? Eso lo sabremos ahora mismo.

Abrió su armario, donde sacó su maletín y del interior extrajo un test de embarazo. Me quitó los zapatos, me volvió a coger en brazos y me ayudó a sentarme en el lavabo para poder coger la muestra que necesitaba para hacer la prueba. Esperamos el tiempo indicado y salió positivo.

Los ojos de Óscar ya no podían brillar más, su cara era toda felicidad. Sería nuestro bebé. Volvió a besarme con dulzura y con pasión. Su mano fue directa a mi vientre. Me cogió en brazos y me llevó hasta la cama. Me fue desnudando dándome besos por la piel que iba dejando al descubierto y me hizo el amor transmitiéndome con cada beso y cada roce lo que sentía por mí. No me podía sentir más querida y segura de su amor, era mi hombre perfecto. Llegamos al clímax juntos, y al sentir su esencia dentro de mí con fuerza, me hizo subir más allá de las estrellas. Una vez nos tranquilizamos le pregunté:

—¿Cómo pudo pasar, Óscar?

Y él dijo con una sonrisa picarona:

—Fue el día de las mariposas.

EPÍLOGO

UN AÑO DESPUÉS

Sentada en el relax de casa mientras daba el pecho a Emma, admiraba con dulzura la carita de mi pequeña y la manita que ponía en mi pecho mientras chupaba con fuerza para obtener su comida. Jamás me imaginé que podía querer tanto a esta personita tan pequeña, me tenía completamente loca y enamorada. Ahora comprendía el amor incondicional que siempre he recibido de mi madre. Un amor puro y eterno que no puede destruirlo nada ni nadie y por el que darías tu propia vida. Esa química que hay entre madre e hijo, que siempre sabía o intuía lo que me pasaba ya fuera bueno o malo. El apoyo en los momentos difíciles, el tener siempre una palabra que aliento para levantarte. Como se alegraba con mis logros.

Una noticia en la tele llamó mi atención. Salía la foto de Estela junto a un chico muy acaramelados en la portada de una revista con el título de *El corazón del actor Colins Lays ha sido conquistado por una modelo desconocida, ¿quién será la chica?*

Vaya, jamás pensé que me enteraría de las aventuras amorosas de Estela por la televisión, pero claro, si persigues fama y salir en la pantalla y escalar puestos sin mucho esfuerzo, esa era la mejor manera de hacerlo, conquistando un famoso. Así era ella.

Pensé en Mario, en que, si de verdad la quería, tenía que estar pasándolo mal. Nunca he creído en el *Karma*, pero mira, visto lo visto, pensé en darle una oportunidad a esa creencia. Estaba viendo los resultados con mis propios ojos. Ahora estaría sufriendo lo que él me había hecho sentir en el pasado. Sabía que eso pasaría, él no quiso verlo y ahora me alegraba, porque junto a él nunca hubiera sido tan feliz como lo era ahora.

Una llamada entrante me sacó de mis pensamientos. Era mi amor. Seguro que estaba en un descanso y llamaba para ver cómo estábamos.

—Hola, cariño, ¿qué pasa?

—Nada, solo quería escucharte, ¿cómo está la reina y la princesa de mi reino?

—Pues aquí tengo a tu princesa comiéndose a su reina que la va a dejar seca.

—Pues dile a esa glotona que deje algo para su papi, que también está sediento de su mami.

—¡Óscar!

—Lo siento, mi vida, pero es que te echo de menos. Te llamaba para decirte que os preparéis y os pongáis guapas, dentro de un ratito pasaré para recogeros.

—¿A dónde vamos?

—Me llaman, cielo, tengo que dejarte. Luego nos vemos. Te quiero.

—Y yo.

Esas salidas me gustaban mucho, siempre nos llevaba a algún sitio magnífico en las afueras de Madrid que le había recomendado algún paciente y que solían ser muy acertadas.

Una vez mi pequeña se había saciado y dormido entre mis brazos, la dejé despacio en el capazo y me arreglé un poquito. Terminé justo en el momento en que la puerta de casa se abría y entraba mi hombre buscando a sus mujeres favoritas. Se acercó al capazo y vio que estaba dormida, su gesto cambió en décimas de segundos y la mirada que me echó fue de puro fuego. Se acercó como león que caza a su presa y me devoró en menos que canta un gallo.

—Te necesito tanto, te echo mucho de menos. Ese pequeño angelito te tiene atrapada a todas horas, solo espero que nos deje este ratito.

—Pero ya estoy preparada para salir.

—Eso puede esperar, yo no. Tengo mucha hambre y me tienes que dar de comer.

Ya no hubo más palabras, solo caricias, besos y placer, mucho placer. Esta vez Emma dejó que disfrutásemos al máximo de nuestro encuentro, seguía durmiendo como un angelito cuando la montamos en el coche y partimos a nuestra excursión. El camino me sonaba, pero cuando nos fuimos acercando más me di cuenta de donde nos traía. Era donde comimos la primera vez. Aparcó el coche y esta vez no sacó el carro sino la mochila portabebés que se colocó con nuestra pequeña bien acomodada y ya despierta.

—Ya no me acordaba de este paisaje tan bonito.

—Se convirtió en mi favorito hace poco más de un año. Prometo que vendremos más a menudo. ¿Preparada para andar?

—A tu lado, siempre.

Sabía de sobra dónde íbamos. Cogí lo imprescindible para el terroncito y la pequeña merienda que eché de casualidad para nosotros. Tuvimos que hacer varias paradas, Emma lo requería, pero llegamos a ese sitio mágico, al sitio donde Emma fue encargada sin aviso. Los recuerdos inundaron mi mente y una emoción recorrió mi cuerpo. Si antes era bonito ver ese paisaje, ahora compartirlo con lo más preciado que teníamos era más hermoso todavía. Las mariposas seguían revoloteando. Emma intentaba seguirlas con la vista e intentaba cogerlas inútilmente. Sentí como el dispositivo del móvil sonaba mientras nos echaba una foto de espaldas divisando las hermosas vistas del lago. Giré para decirle que se uniera a nosotras y me di cuenta de que no estábamos solos, de que él estaba arrodillado, con algo entre las manos y que una Desi emocionada estaba inmortalizando el momento con fotos y seguro que algún video.

—Lara, creo que este es el mejor sitio para pedirte esto. Este fue nuestro primer camino y aquí encargamos a Emma. He estado esperando este momento toda mi vida. Sois lo mejor que tengo y quiero hacer las cosas bien, aunque no hayamos seguido el orden adecuado. Te quiero desde el momento en que mis ojos te vieron y quiero seguir a tu lado todos los días de mi vida. Lara, ¿quieres casarte conmigo?

—Sabes que la respuesta será siempre sí, sí, sí y sí. Me has hecho la mujer más feliz del mundo y quiero estar junto a tí y nuestra pequeña el resto de mi vida.

Me puso un anillo de oro blanco con una piedra preciosa morada, mi color favorito. Se levantó del suelo, besó primero a nuestra pequeña y después sus cálidos labios se posaron en los míos besándome como solo él sabía hacerlo y dándome la seguridad y la confianza que siempre me había faltado.

FIN

AGRADECIMIENTOS

Quiero agradecer a mis dos buenas amigas, Esther y Loli, que son mis fans número uno, todo el apoyo y el ánimo que me han dado para que este libro saliera a la luz y que mi sueño de tener mi propia novela romántica se hiciera realidad. Gracias por estar siempre a mi lado tanto en lo bueno como en lo malo. Os quiero de aquí a la luna, ida y vuelta.

Laura Castro, nacida en Terrassa y residente en Andalucía, es titulada en Gestión y Administración de Empresas y actualmente está dedicada a la crianza de sus hijos.

Su afición por las novelas románticas y el apoyo de sus amigas la animaron a perseguir su sueño de escribir su propia novela. *Mariposas de Amor* salió a la luz en diciembre de 2014 y en 2021 ha sido corregida y reeditada con nuevo contenido. Con esta primera novela, la autora consiguió llegar a los corazones de sus lectores reflejando muchas inquietudes de los adolescentes respecto al amor. *Mi destino en tus manos* es su segunda novela.

www.ingramcontent.com/pod-product-compliance
Ingram Content Group UK Ltd.
Pitfield, Milton Keynes, MK11 3LW, UK
UKHW040022200726
13854UKWH00001B/309

9 788469 728031